目次

着物始末暦 舞台地図

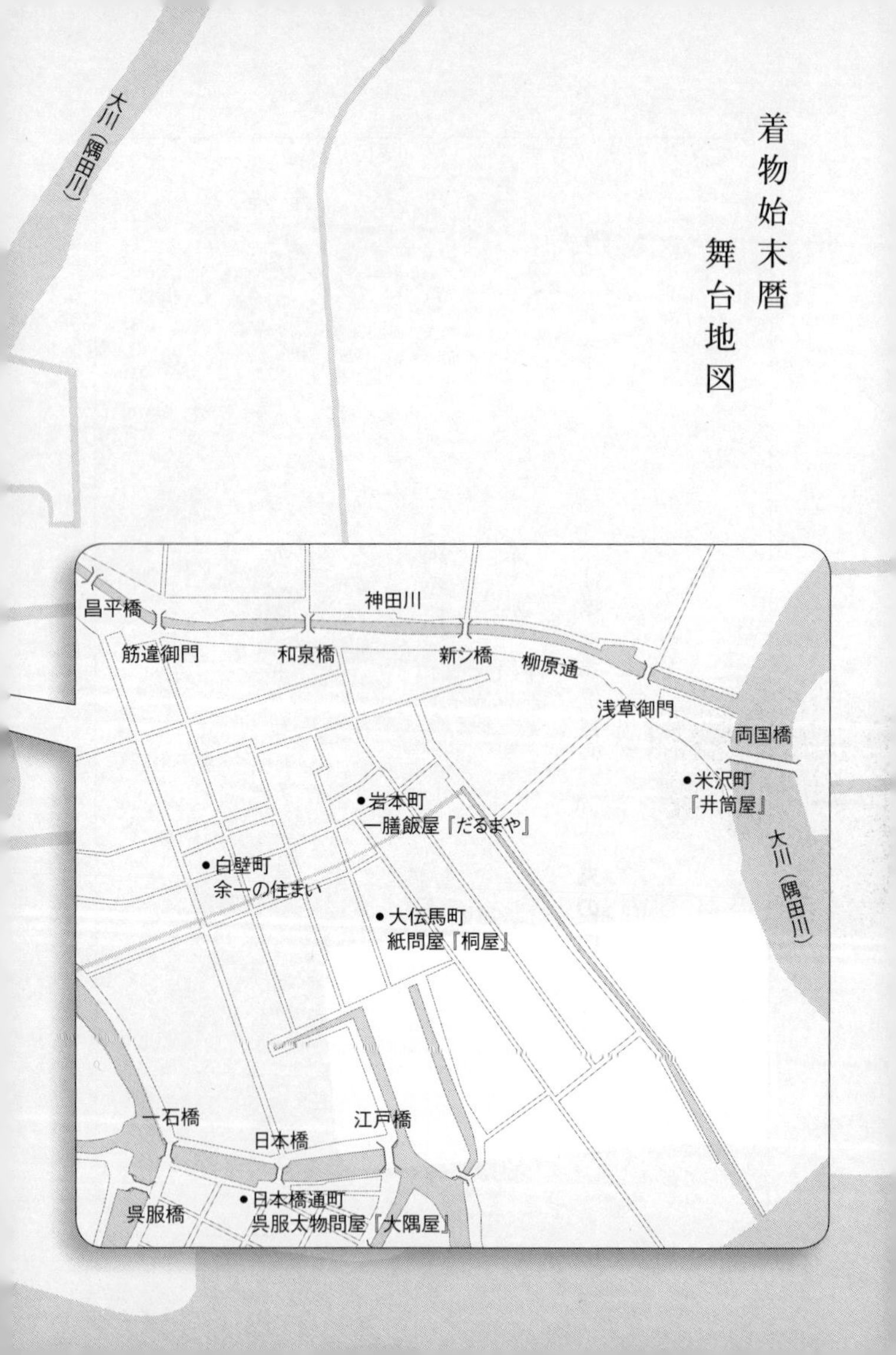
大川（隅田川）
昌平橋
神田川
筋違御門
和泉橋
新シ橋
柳原通
浅草御門
両国橋
米沢町
『井筒屋』
大川（隅田川）
岩本町
一膳飯屋『だるまや』
白壁町
余一の住まい
大伝馬町
紙問屋『桐屋』
一石橋
江戸橋
日本橋
日本橋通町
呉服太物問屋『大隅屋』
呉服橋

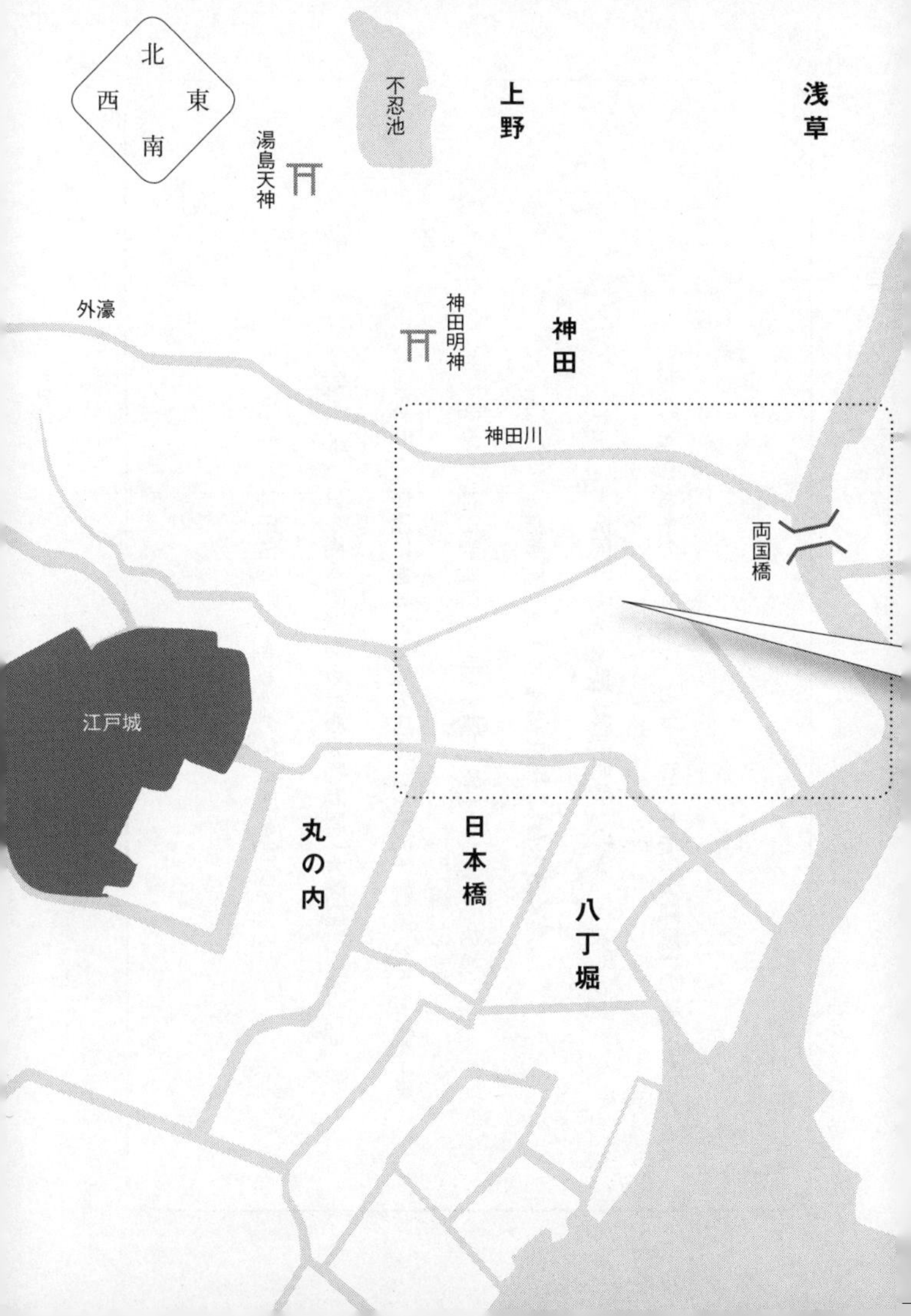

北
西
東
南
不忍池
上野
浅草
湯島天神
外濠
神田明神
神田
神田川
両国橋
江戸城
丸の内
日本橋
八丁堀

主要登場人物一覧

余一《よいち》　神田白壁町できものの始末屋を営む。

綾太郎《あやたろう》　日本橋通町にある呉服太物問屋『大隅屋』の若旦那。

六助《ろくすけ》　柳原にある古着屋の店主。余一の古馴染みで、お調子者。

お糸《いと》　神田岩本町にある一膳飯屋『だるまや』の娘。

清八《せいはち》　一膳飯屋『だるまや』の主人。お糸の父親。

お玉《たま》　大伝馬町にある紙問屋『桐屋』の娘。綾太郎の妻。

おみつ　お糸の幼馴染み。お玉の嫁入りで『大隅屋』の奉公人になる。

錦の松

着物始末暦（六）

赤い闇

一

仕事には「ちょうどいい人数」というものがある。

少ないと仕事にならないが、多くてもまたうまくいかない。駕籠《かご》は二人で担ぐけれど、棒手振《ぼてふ》りや床見世《とこみせ》はひとりいれば十分だ。

今日だってもう八ツ半（午後三時）を過ぎたのに、六助《ろくすけ》の見世の古着はまだ一枚も売れていない。千吉《せんきち》は大きなあくびをした。

「六さん、古着屋ってのはこんなに客が来ねぇのか」

「ついこの間、衣替えが終わったばかりだからな。人が寄ってきたところで買う気のねぇやつがほとんどだ」

六助がそっけなく答えれば、相手は役者のような顔をしかめる。

「その冷やかしが女ならうまいこと言いくるめてやるのによ。誰も寄ってこないんじや、どうにも打つ手がありゃしねぇ」

「だったら、竹馬を担いで行商でもしてきな」

古着の行商には天秤棒《てんびんぼう》ではなく四本足の竹馬を使う。それにたくさんの古着をぶら下げるため、持ち上げるだけでも一苦労だ。優男の千吉ではいくらも歩けないだろう。

本人もそれはわかっているのか、「冗談じゃねぇ」と顎《あご》を突き出す。言い合う二人の頭上には青い空が広がっている。まだ汗ばむほどの陽気ではなく、川むこうから吹く風が肌にさらさらと心地よい。尻に敷いている筵《むしろ》の上が古着でふさがっていなければ、ごろりと横になりたいくらいだ。

今日は五月八日、いつもならとっくに雨が降り出している頃合いである。もったいぶらずにさっさと梅雨《つゆ》になっちまえと六助は腹の中で文句を言った。

古着の商いを覚えようと張り切っている千吉のせいで、晴れた日は見世を休めない。だが、この時期に商売をしたところでたいした稼ぎにならないのだ。

季節を問わず金持ちが押しかける呉服屋と違い、土手の古着を買いに来るのは並みより下の町人である。まして衣替えが過ぎてから安物買いに走るのは、切羽詰った貧乏人に限られる。

火事で手持ちのきものを失い、当座の着替えが一枚もない。

亭主のきものの尻が擦り切れ、どうにもごまかせなくなった。

女郎買いに行きたいが、この恰好《かっこう》では相手にされない。

そういう連中が少しでも見栄えのいいものを値切りに値切って買っていくため、元から少ない儲《もう》けがよりいっそう少なくなる。酔狂な金持ちなんてめったに通るものではなく、風に揺れる柳を眺めて日暮れを待つ毎日だ。

「おまえも物好きだよなぁ。古着屋なんてうまみのない商売なのに」

考え直すなら今のうちだと親切ごかしに教えてやれば、心外だと言いたげに千吉が片眉《まゆ》を撥《は》ね上げた。

「そういう自分も古着屋だろうが」

「だから教えてやったんだよ。ついでに言っとくが、俺はおめぇを雇った訳じゃねぇ。手間賃なんて払わねぇぞ」

「おい、タダ働きをさせる気か」

「ろくに稼いでいねぇくせにタダ働きとは笑わせやがる。古着の商いを教えてもらえるだけでもありがたく思いな」

千吉は顔色を変えたけれど、六助はまるで気にしない。人でなしとなじられたって今さら痛くもかゆくもなかった。

――おめぇと一緒になったら、お糸《いと》ちゃんは苦労するかもしれねぇ。だが、天乃屋《あまのや》の若旦那《わかだんな》と一緒になったって、しあわせになるとは限らねぇだろう。これから先のことは、誰にもわからねぇんだから。

そう言って余一《よいち》をけしかけてから果たして何日経《た》ったのか。見かけに寄らず臆病《おくびょう》な職人がその後も何もしていないと知ったのは、昨日の夕方、だるまやの常連が土手を通ったからだった。

――おう、六さん。近頃はちっともだるまやに来ないじゃねぇか。さては、飯を作ってくれる女でもできたのかい。

――なに、お糸ちゃんにツケを払えと詰め寄られるのがおっかなくてな。

軽口で返したら、相手が大声で笑った。

――それなら心配いらねぇって。お糸ちゃんは玉の輿《こし》に乗ることが本決まりになって、すっかりおとなしくなっちまった。ちっとやそっとのツケで、今さらうるせぇことは言わねぇだろう。

――おい、お糸ちゃんは本気の本気で承知したのか。

真顔になって念を押せば、呆《あき》れたような顔をされる。

――大店《おおだな》の跡継ぎに「一緒になって欲しい」と言われて、断る娘がいるもんか。若旦那から贈られた振袖《ふりそで》をありがたく受け取ったって話だぜ。

それは六助も知っているが、お糸は礼治郎《れいじろう》に惚《ほ》れていない。余一から「考え直してくれ」と言われれば、振袖を返して「縁談は断った」と店で吹聴《ふいちょう》しているはずだ。余一の野郎、何をもたもたしてやがる。お糸ちゃんを逃したら、おめぇは一生ひとりだぞ。歯ぎしりする六助に気付かず、相手はさらに話を続けた。

――ずっと元気がなかったのは、嫁いでからのことが心配だからに違いねぇ。六さんも今のうちにお糸ちゃんの顔を拝んでおきな。紙問屋の若御新造《ごしんぞ》になっちまえば、気安く声もかけられねぇぞ。

そんな話を聞かされてから、六助の頭はお糸と余一のことで一杯である。昔馴染《なじ》みのへっぴり腰を蹴《け》っ飛ばしたくて仕方がない。

「このままじゃ、お糸ちゃんは天乃屋に嫁に行っちまう。ったく、余一の根性なしめ」

「そういや昨日、だるまやの娘が玉の輿に乗るとか言ってたな。機嫌が悪いと思ったら、余一のことで気を揉《も》んでいたのか」

こっちのひとりごとを聞きつけて、千吉の口の端が上がる。含みを感じるその笑みに六助は目を尖《とが》らせた。

「俺は余一を餓鬼の頃から知ってんだ。二人の仲が気になって何が悪ぃ」

「別に悪くはないけどよぉ、俺が余一でもやっぱり身を引くと思うぜ」

「へっ、いい加減なことを言うんじゃねぇや」

「貧乏な職人と大店の跡継ぎじゃ、どっちと一緒になったほうが得かなんて火を見るよりも明らかだ。脇からとやかく言うこっちゃねぇだろう」

「計算高いおめぇに何がわかる。お糸ちゃんは余一と知り合ってから一途《いちず》に思い続けてきたんだ」

色事師の分際で知ったふうな口を利くんじゃねぇ。勢いよく吐き捨てれば、千吉が「勘違いすんな」と右手を振る。

「俺が言っているのは余一の気持ちだ。お糸って娘の気持ちじゃねぇって」

六助が返す言葉に詰まると、千吉は人の悪い笑みを深めた。

「さもなきゃ、余一はお糸に嫌われたくねぇんだろう」

「……どういう意味だ」

「余一と一緒になれば、いずれ貧乏暮らしに嫌気がさして『やっぱり天乃屋に嫁げばよかった』と言い出すに決まってる。やつはそれが怖いのさ」

お糸ちゃんに限ってそんなことを思うもんか――言い返そうとしたけれど、なぜか声が出なかった。

――過ぎ去ったことは変えられなくても、この先のことはわからねぇ。

余一にそう言ったときは、「己の過去にこだわらず、お糸としあわせになれ」というつもりだった。

だが、それは「この先、お糸の気持ちだって変わるかもしれない」という意味にも取れる訳か。六助は浮かんだ考えを振り切るようにかぶりを振った。

「うるせぇっ。おめぇこそ脇からごちゃごちゃ言うんじゃねぇよ」

おめぇだって余一にはいろいろ世話になったはずだ。少しはやつのしあわせも考えてやれ――と顎の下まで込み上げたが、口から出さずに立ち上がる。「金がすべて」の千吉に思いやりを説いたところで馬の耳に念仏だ。

「ちっと出かけてくらぁ。おめぇに釣られて女がふらふら寄ってきても、ここぞとばかりに吹っかけるなよ」

「へいへい、わかりましたって」

千吉は女に色目を使い、似合いもしない安物を高値で売りつけようとする。それが悪いとは言わないが、限度をわきまえないのが問題だった。このまま好きにやらせれば、古着屋六助の信用に関《かか》わる。

「古着を売りに来るやつがいたら、俺が戻るまで待たせときな。勝手に買い叩《たた》いて引き取るんじゃねぇぞ」

「そんなことを言っていたら、せっかくの掘り出し物を逃がしちまうぜ」

己の見る目に自信があるのか、千吉は不満そうだった。

古着の商いは「いかに高く売るか」より、「いかに安く仕入れるか」が肝心だ。それでも、六助は見習いの言い分を認めない。

「うまい話には裏がある。くれぐれも掘り出し物に手を出すんじゃねぇぞ」

土手に流れてくる値打ち物はいわくつきの場合が多い。今は目先の儲けより面倒を避けるほうが大切だ。

「じゃ、頼んだぜ」

六助は足を踏み出しかけ、胸騒ぎを覚えて立ち止まる。千吉が余計なことをしないよう隣の見世の長吉《ちょうきち》に「気を付けてくれ」と頼んでおくか。

顔を横に向けたところ、ちょうど長吉と目が合った。だが、なぜか顔をそむけられてむっとしたとき、「商売繁盛でけっこうだな」と嫌みたらしい声がした。

「土手の古着屋が人を雇うとは豪儀じゃねぇか。どこも閑古鳥が鳴いているのに、おめぇのところは違うようだ」

振り向いた先に立っていたのは、神田《かんだ》界隈《かいわい》を縄張りとする御用聞き、須田町《すだちょう》の矢五《やご》郎《ろう》である。役目柄人一倍お天道様《てんとう》の下を走り回っているはずなのに、いつ見ても病人のような青白い顔をしている。

いつかやってくると思っちゃいたが、とうとうおいでなすったか。腹の中で舌打ちしてから、六助は愛想よく腰をかがめた。

「そいつぁとんだ買い被《かぶ》りでござんす。この男は古着の商いを教えてくれと押しかけてきた見習いで、雇った訳じゃござんせん」

「そんな役者顔負けの面をして古着屋とはな。小間物の行商でもしたほうがよほど金になるんじゃねぇのか」

「お恥ずかしい話ですが、いい年をして道が覚えられない性分《たち》でして。行商はしくじったんでございます」

話を振られた千吉は笑顔で適当なことを言う。矢五郎は腰に手を当てて、見下すようにせせら笑った。

「とか言って、貢いでくれる女の家は忘れねぇんだろう。いや、おめぇが忘れても女が追いかけてきそうだな」

「ご冗談を。そんな甲斐性《かいしょう》があれば、古着屋の見習いなんぞいたしやせん」

「おや、そうかい。人は見かけによらねぇもんだ」

のらりくらりと話す相手に六助の苛立《いらだ》ちが募っていく。いったい何をしに来たと揉み手をしながら矢五郎に聞く。

「お忙しい親分がうちの見習いの顔をわざわざ見にいらっしゃるとは思えねぇ。さては、古着を買いにいらしたんですかい」

「たとえそうでも、おめぇのところからは買わねぇよ。出所が怪しいからな」

「人聞きの悪いことはおっしゃらねぇでくだせぇ。雪持ち柳の小袖だってまっとうな品だったでしょう」

我が身の潔白を訴えれば、矢五郎のこめかみに青筋が浮く。

考えてみれば、あのきもののせいで同心原口庄助《はらぐちしょうすけ》に矢五郎は叱責《しっせき》されたのだ。藪蛇《やぶへび》だったかと悔やんだ刹那《せつな》、相手の目つきが物騒になる。

「おめぇ、余一って古着始末の職人と親しいんだってな」

「それがどうかしやしたか」

いきなり余一の名を出されても六助は動じない。こんなこともあるだろうと心積りはできていた。

「どんなにくたびれた古着でも、やつの手にかかれば新品同然になると聞いた。そいつの始末した古着のおかげで楽に儲けているそうじゃねぇか」

「噂《うわさ》ってなぁ無駄に大きくなるもんでさ。古着は古着、誰が始末をしたところで新品になる訳じゃありやせん」

狙《ねら》いが見えない相手の前で、余一の腕前を安易に認める訳にはいかない。ひとまず首を横に振れば、矢五郎の目が光る。

「だったら、おかしいじゃねぇか。この前の雪持ち柳の小袖といい、どうしておめぇの見世にばかり新品同然の高価な古着が集まるんだ」

そのとき、こちらをうかがっていた隣の長吉が身じろいだ。さっきのおかしな態度といい、六助と余一のことを十手持ちに吹き込んだのはこいつだろう。

後で何をしゃべったか、洗いざらい吐かせてやる。六助は矢五郎の目を盗んですばやく隣人を睨《にら》みつけた。

「俺には大きな声じゃ言えねぇ裏があるとしか思えねぇな」

「親分、妙な言いがかりはやめてくだせぇ。うちはまっとうな古着屋でござんすよ」

六助に代わって千吉が言えば、十手持ちは鼻の先で笑い飛ばす。

「どうせおめぇもひとつ穴のむじなだろう。今に化けの皮をはがしてやるから、首を洗って待っていろ」

自信たっぷりに言い捨てて矢五郎は踵《きびす》を返す。その背中が見えなくなってから、六助はぴしゃりと額を打った。

お糸ちゃんのことだけで十分頭が痛いってのに、何だってこう次から次と厄介事に見舞われるんだ。

救いを求めて天を仰いでみたけれど、青い空には名案どころか雲ひとつ浮かんでいなかった。

二

「おい、矢五郎に何を言いやがった」

六助は気を取り直し、隣の長吉に問い質《ただ》す。お調子者の隣人は焦った様子で顔と手を横に振った。

「す、好きでしゃべった訳じゃねぇ。十手片手に脅されたんだよ」

「言い訳はいいから、何を言ったかさっさと言え。でねぇと、こっちにも考えがある」

「お、俺は六さんが盗品の売り買いをしているなんて一言も言っちゃいねぇ。よ、よ、余一が始末した新品同然の古着のおかげで、人より楽に儲けてるって言っただけだ。だから、商売をよく休むって……で、出まかせは言っちゃいねぇから」

目明し相手にそんなことを言えば、「絶対にやましいところがある」と勘繰られるに決まっている。間の抜けた言い訳にうんざりしつつ、六助は目をつり上げた。

「俺が怒っているのは、おめぇが十手持ちにしゃべったことじゃねぇ。矢五郎にしゃべったことを俺に黙っていたからだ。今度野郎が近づいてきたら、何かしゃべる前に俺に言え。いいな」

「わ、わ、わかった」

凄《すご》みを利かせて釘《くぎ》を刺せば、長吉が何度も顎を引く。これだけびくびくしていれば、しばらく余計なことは言わないだろう。

「今日はもう見世仕舞いだ。千吉、とっとと片づけるぜ」

「へいへい」

その晩、六助は千吉を岩本町《いわもとちょう》の自分の長屋に連れていった。無論、矢五郎のことをどうするか話し合うためである。

素面《しらふ》じゃやっていられないとさっそく酒を飲み始めたが、酒の肴《さかな》が顔色の悪い目明しの話ではうまく感じるはずもなかった。

「須田町と揉めたのは三月《みつき》も前の話じゃないか。まったくしつこい男だよ」

「違いねぇ」

「それとも、また井筒屋《いづつや》の差し金かねぇ」

何気ない千吉の呟《つぶや》きに六助は内心ひやりとする。

前回、矢五郎に絡まれたのは、井筒屋が土手から古着屋を追い出そうと目論《もくろ》んだからである。六助はすかさず「馬鹿言ってんじゃねぇ」と唾《つば》を飛ばす。

「井筒屋は土手の古着屋から手を引いた。今度のことは執念深い矢五郎がひとりでしていることよ」

千吉は井筒屋と矢五郎がつながっていることは知っていても、井筒屋と余一のつながりは知らない。今後も知られてはいけないと六助の鼻息が荒くなる。

「やつは俺たちのせいで定廻《じょうまわ》りの旦那に叱責されたと思っている。その仕返しを思い立ったに違いねぇ」

「だったら、もっと早くに動きそうなもんだがな」

「あんなやつでも十手持ちの端くれだ。捕物で忙しかったんだろう」

千吉は訝《いぶか》しげな顔をしたが、さらに言い返しはしなかった。肝心なのは「どうして」より「どうするか」なのである。

「矢五郎は俺が余一と組んで盗品を売り買いしていると踏んでいる。こっちの古傷が暴かれる前に手を引かせねぇとまずい」

「六さんも厄介なやつに見込まれたこった」

憐《あわ》れむようなその目つきは対岸の火事と言わんばかりだ。六助は「てやんでぇ」とあぐらをかいた腿《もも》を叩く。

「おめぇだって俺の仲間と思われてんだ。もしも俺がお縄になったら、おめぇが陰間だった頃の悪事を残らずぶちまけてやるからな」

「おい、そいつは笑えねぇ冗談だ」

火の粉が我が身に及ぶと知って、千吉の目つきが剣呑《けんのん》になる。

たとえ自分がお縄になっても、仲間の秘密は絶対漏らすな――それが裏の掟《おきて》である。しかし、六助は知ったことかと開き直った。

「この期に及んで冗談なんか言うもんか。おめぇにさんざん貢いだ挙句、蔵の金まで盗まれた店は片手じゃ足りねぇ。盗んだきものを売るために古着屋になった俺なんかよりはるかに罪が重いはずだぜ」

売れっ子陰間だった千吉は、客から「金蔵にいくらあるか」「蔵の鍵はどこにあるか」を寝物語に聞き出しては盗人《ぬすっと》一味に売っていた。六助は客を装って陰間茶屋に足を運び、何度かつなぎを務めていた。

声を落として脅せば、役者めいた顔が見る見るうちに怒りで歪《ゆが》む。

「つなぎとはいえ、おめぇも嚙《か》んでいただろう。他人事《ひとごと》みてぇに言ってんじゃねぇ」

「その言葉、そっくりそのまま返してやるぜ」

二の句が継げなくなったのか、千吉が口をへの字に曲げる。六助は「だから」と身を乗り出す。

「おめぇと俺は一蓮托生《いちれんたくしよう》、助け合って矢五郎を追い払わなくちゃならねぇのさ。その上で聞くんだが、やつの弱みに何か心当たりはねぇか」

「六さんらしくねぇな。相手の弱みを突こうだなんて」

意外そうな顔をされたが、ここまで来たら手段を選んでいられない。六助は覚悟を決めてうなずいた。

「雪持ち柳の小袖を矢五郎に持っていかれたとき、おめぇにやつのことを調べてもらっただろう。何か知っていたら教えてくれ」

自分の旧悪から余一の親方が盗品の始末をしていたこと、さらには余一の生い立ちまで探り出されてはかなわない。こちらの本気に押されたのか、ややして千吉がこめかみをかいた。

「親分の弱みといったら、恋女房のお奈美《なみ》だろうな」

八年前、お奈美は亭主を恨む連中に襲われた。そのときお奈美は臨月で、生死の境をさまよったそうだ。

「命ばかりは助かったが、腹の子は流れちまった。おまけに二度と子を産めない身体《からだ》になったらしい」

それを知ったお奈美は自ら命を断とうとしたが、亭主に止められて思いとどまったという。

「矢五郎とお奈美は幼馴染みで、矢五郎が惚れてくどいたらしいぜ。必ずしあわせにするから女房になってくれってな」

約束を守るべく、駆け出しの十手持ちは命がけで盗賊をお縄にした。おかげで「須田町の矢五郎」の名は上がったが、その残党がお奈美を襲った。

「そのことがきっかけで、矢五郎は金に汚い十手持ちになったって訳だ。悪党の恨みを買う怖さが骨身に沁《し》みたに違いねぇ」

「なるほどな」

十手持ちは悪党を捕えるのが仕事だが、どんな悪党にも親兄弟や仲間がいる。下手に大物を捕えれば、どんな仕返しをされるかわからない。お奈美が襲われさえしなければ、矢五郎が道を踏み外すことはなかっただろう。

皮肉なもんだと思っている間に、千吉が湯呑《ゆのみ》の酒を干す。

「矢五郎の家には小女《こおんな》がいるから、お奈美は家に閉じこもってほとんど表に出てこねぇ。かどわかすのは難しいぜ」

「そんな荒っぽい真似《まね》をするもんか」

弱みを突くと言ったところで乱暴をするつもりはない。あくまでそれをちらつかせて手を引かせたいだけである。即座に言い返したら、千吉が首をかしげた。

「じゃあ、いったいどうやって」

「そいつを今考えているんじゃねぇか」

下唇を突き出して腕を組めば、「なぁ、六さん」と名を呼ばれた。

「何だよ」

「俺は腕利きの色事師だが、お奈美を誑《たぶら》かすのは願い下げだぜ」

恋女房を寝取ったら矢五郎を怒らせるだけである。六助は心底呆れ返り、やや口の端をつり上げた。

「そんな回りくどい真似をするよりも、女に化けたおめぇが親分を誑《たら》し込めばいい」

「ば、馬鹿言うなって」

悲鳴じみた声を上げて千吉が青ざめた。

女を巻き込むのは気が引けるが、背に腹は替えられない。翌日、六助は自らの目と足でお奈美を探ることにした。

「今日の商いはおめぇに任せる。女にちょっかいを出すのはともかく、出所の怪しい古着を買い取ったりするんじゃねぇぞ」

態度の大きい見習いにくどいほど念を押し、六助は朝のうちから柳原《やなぎわら》を後にした。

矢五郎の家は筋違御門《すじかいごもん》の前に広がる八辻原《やつじがはら》のそばにある。商家が軒を連ねる表通りに面した一軒家で、羽振りのよさがしのばれた。

お上の十手をひけらかしてよほど儲けているのだろう。六助は素知らぬ顔で家の前を通り過ぎ、裏に回って様子をうかがう。

江戸は武家屋敷や寺社地が多く、町人の住むことができる場所は限られる。ゆえにほとんどは狭い長屋暮らしであり、庭付きの一軒家に住んでいるのはごく一握りの連中だ。

特にお城に近い神田、日本橋の辺りは店賃が高く、ちょっとやそっとの稼ぎでは一軒家など借りられない。

しかも千吉によれば、矢五郎の家は下働きの小女まで使っている。女房のお奈美は妾《めかけ》よろしく毎日遊んでいるらしい。

悪党に襲われたのは気の毒だが、八年も前の話だろう。いつまでめそめそしている気だと憐れむ心が薄れていく。

まっとうな目明しは決まって女房が働いている。その金で暮らしをたててこそ、亭主は思う存分働くことができるのだ。

矢五郎は金に汚い十手持ちで、女房は亭主の金で贅沢三昧《ぜいたくざんまい》――近所のかみさん連中は腹立たしく思っているだろう。六助はひとりほくそ笑み、すぐそばにある裏長屋の木戸をくぐった。

「矢五郎親分のおかみさんについて知りたいなんて……あんた、いったい何者だい」

「どうしてお奈美さんのことを聞きたがるのさ」

井戸端で米を研いでいたかみさん二人に声をかけたら、不審もあらわな顔をされた。

「いえ、その……先だって親分さんにはお世話になったので、その御礼をさせていただきたいと思いまして」

「だったら、菓子折りでも持って親分の家に行けばいい。何でおかみさんのことを知りたがるのさ」

「そうだよ。親分の御用とお奈美さんは関わりないじゃないか」

通りすがりの相手に向けるかみさんたちの目つきは鋭い。まるでお奈美をかばっているかのようだ。六助は意外に思いつつ、とっさに言い訳をひねり出す。

「親分はおかみさんを大事になすっていると聞いたもんで、御礼をするならおかみさんの気に入るものがいいかと」

善人笑いを浮かべれば、かみさんたちは互いに目と目を見交わしてひそひそ話し始めた。

「あの矢五郎親分が人助けなんてするかねぇ」

「目の前で財布をひったくられて、放《ほう》っておけなかったとか」

「たとえそうでも、今の親分ならその場で礼金をふんだくるよ」

「年寄りだと思って大目に見たんじゃないのかい」

どういう訳か、かみさんたちは六助を「ひったくりに遭った年寄り」と思ったようだ。本音は面白くないものの、そう見えるなら仕方がない。六助は腰を曲げ、わざとしわがれた声を出す。

「この通り貧乏な年寄りでございますから、高価な御礼はできやせん。どうぞ知恵を貸してくだせぇ」

「でも、あたしたちだって、お奈美さんの気に入るものなんて思いつかないよ」

「そうよねぇ。欲しいものは何だって親分が買ってくれそうだし。あたしは夏物の帯が欲しいけど」

「あたしは新しい浴衣《ゆかた》が欲しいわ」

「それくらい買ってもらいなよ。赤ん坊が生まれたら、浴衣を着てそぞろ歩きもできなくなるもの」

「確かにね」

「今持っているのは襁褓《むつき》にするって言えばいい。そうすりゃ、亭主も駄目とは言わないって」

「赤ん坊ができたのは亭主のせいだしね」

「他の男のせいだったら大騒ぎだよ」

こっちがいることを忘れたようにかみさんたちは笑い出す。これ以上話がそれないように、六助は横から口を挟んだ。

「そちらのおかみさんはおめでたですか。おめでとうございます」

まだ腹は目立たないから三月か四月《よつき》くらいだろうか。明るい声で祝福すれば、かみさんたちはばつの悪そうな顔をした。

「親分のおかみさんに子供のことは言わないどくれ」

「あの人はひどい目に遭って子供ができなくなったんだ。親分のところに行くのなら、子供のことは言っちゃ駄目だよ」

「それはお気の毒なことで」

六助は目を瞠《みは》ってから、痛みをこらえるように顔をしかめる。すると、かみさんたちは心を許してくれたらしく、お奈美のことを話し出した。

「子は宝っていうけどさ。お奈美さんを見てるとよくわかるよ」

「親分もすっかり変わっちまって」

かみさんたちによれば、昔はお奈美も料理屋で働いていたらしい。いずれは自分で店を持ち、亭主を支える心積りをしていたようだ。

「でも、親分が大手柄を上げたせいでお奈美さんが襲われてね。今じゃ家から出てきやしない」

「親分の家には下っ引きが住み込んでいるし、買い物や洗濯は下働きの子がするから」

「うかつに出歩くなって親分に止められているんだよ」

「なるほど、そうだったんですか」

六助は眉間《みけん》にしわを寄せ、「しかし」と首をかしげる。

「家の仕事は小女がするのなら、おかみさんは何をなすっているんでしょう」

妾は間男でも引き込むだろうが、十手持ちの女房はそういう訳にもいかないはずだ。浮かんだ疑問を口にすれば、かみさんのひとりがため息をつく。

「かわいそうに、子供のきものを縫っているんだって」

「でも、子供はもうできないいんじゃありませんか」

「だから、死んだ子のきものを縫っているのさ」

身籠《みご》っているかみさんはそっと自分の腹を撫《な》でる。まるで「この子はそうなりませんように」と願うようなしぐさだった。お奈美は毎年、無駄になるのを承知で我が子の単衣《ひとえ》を新調し、それをいつも眺めているそうだ。

「死んだ子の年を数えるっていうけど、お奈美さんの頭の中で子供は育っているんだろう。生きていれば、今はきっとこのくらいって」

「虫干しの頃になると、大きさの違う子供のきものがずらっと干してあるんだよ。それが全部紺地に白の麻の葉柄なものだから、まるできものが育っているみたいでさ」

話すうちに毎年目にする光景を思い出したらしい。身籠っていないほうのかみさんが音をたてて洟《はな》をすする。六助は聞かずにいられなかった。

「どうしてすべて麻の葉柄なんですか」

麻の葉柄は子供のきものによく使われるが、すべて同じ色と柄にしなくたっていいはずだ。首をかしげる六助に身籠っているかみさんが教えてくれた。

「子供の名前は麻吉《あさきち》にすると親分が決めていたんだって。女の子だったらどうするんだろうってお奈美さんは笑っていたっけ。あれからもう八年も経つんだね」

矢五郎が命がけで手柄を立てたのは、生まれてくる我が子のためでもあったのだろう。しかし、そのせいでお奈美は傷つき、我が子は命を失った。

そして、その不幸はまだ終わっていなかったのか。

救いのない話に六助は気の利いた返事ができなかった。

三

昨夜は神田仲町《かんだなかちよう》で火事があった。幸い大火にはならなかったものの、火元の店と両隣の家が焼けたとか。

「暦通りに雨が降ってりゃ、火事は起きなかったろうに」

五月十二日の晩、岩本町の長屋で六助は呟く。向かいに座っていた千吉は湯呑に酒をなみなみと注《つ》いだ。

「何を言ってやがる。雨が降ったら商売ができねぇぞ」

この四日間、見習いながら見世を預かっていた千吉がえらそうに言う。しかし、今の六助は商売なんて二の次である。

「明日は天気にかかわらず、商売を休むことにした」

「勝手にしなよ。晴れたら俺がひとりで見世をやるから」

「いや、おめぇもこっちの手伝いをしてくれ」

強い調子で命じると、男前の顔がこわばった。

「本気でお奈美にちょっかいを出すのか」

「ああ」

目をそらさずにうなずけば、千吉がまともに顔をしかめる。

「で、どうするつもりだ」

「矢五郎の弱みがお奈美なら、お奈美の弱みは死んだ我が子だ。気の毒だが、そこを突かせてもらう」

八年経っても、お奈美は死んだ我が子に捕らわれている。行者に化けて「成仏できねぇ水子の霊がこの家にいる」と脅かせば、どんなことをしても我が子を成仏させたいと願うだろう。

「そこで、行者が『腹の子が死んだのは父親が目明しだったからだ。十手を返上しない限り、おめぇさんの子は成仏できねぇ』と脅かすのさ。お奈美はきっと涙ながらに亭主に縋《すが》るに違いねぇ」

「負い目のある親分は恋女房に嫌とは言えず、十手を返上するって訳か。しかし、そんなにうまくいくかねぇ」

危ぶむ千吉の気持ちはわからないでもない。お奈美は行者の話を鵜呑《うの》みにするかもしれないが、矢五郎は信じないだろう。女房に妙なことを吹き込んだ相手の素性をとことん調べるに決まっている。

「だから、こっちの素性がばれねぇように家に行くのは一度きり。その一度でお奈美をその気にさせなきゃならねぇんだ」

お誂《あつら》え向きに矢五郎の縄張りでは火事が起きたばかりである。しばらくは御用に追われ、留守がちになる。

「何しろ、付け火の噂があるからな」

「へえ、物騒だねぇ」

「という噂を俺が流した」

六助は種を明かしてから、うっそり笑った。

付け火は天下の大罪である。その疑いがある限り、目明しは調べなければならない。勢い、六助たちのことは後回しになるはずだ。

どうだとばかりに胸を張ったが、千吉はどこか不満そうだ。

「六さんの考えはわかったけど、誰が行者をするんだい」

「そりゃ、おめぇに決まってる。年中女に化けていたんだ。行者に化けるくらい朝飯前だろう」

「馬鹿を言うな。俺は矢五郎に面《つら》を知られてんだぞ」

「矢五郎は仲町の火事で忙しいと、たった今言ったばかりじゃねぇか。会うのはかみさんと小女だけだ」

「そんなことを言って、鉢合わせしたらどうすんのさ。火事のあった仲町は親分の家から橋を渡ってすぐそこだ。恋女房が心配でいつ戻ってくるかわからないのに、目明しの家になんぞ行けるもんか」

千吉は音がしそうな勢いで何度も首を横に振り、思いついたように手を打った。

「そうだ、余一にやらせればいい。あいつは親分と顔を合わせていないだろう」

「あいつに芝居ができるもんか。それに、矢五郎は余一についても調べてんだぞ。やつの顔くらいとうに知っているに違いねぇ」

「だからって、どうして俺が一番危ない橋を渡らなくっちゃならねぇんだ」

千吉に何と言われようと、今度ばかりは余一を巻き込むつもりはない。六助は断固として言った。

「矢五郎に調べられて困るのは、脛《すね》に傷を持つ俺たちだ。余一じゃねぇ」

「でもさぁ」

「いいな。余一には絶対に今度のことをしゃべるなよ」

じっと目を見て口止めすれば、千吉が口を尖らせる。

何が何でもこの色男に「うん」と言わせなくてはならない。どうしたものかと腕を組み、ふと去年見かけた背の高い尼僧のことを思い出した。

「行者になるのがそんなに嫌なら、尼さんでもいいや」

「おい、正気かよ」

「正気も正気。おめぇの女装ならまず見破られるこたぁねぇ。矢五郎と鉢合わせしたって言い逃れることができるだろう」

すかさず、千吉が「俺の着られる尼さんの衣装なんてあるもんか」と言い返す。その言葉を待っていたと六助はにやりとした。

「嘘《うそ》をつくのもたいがいにしな。おめぇが尼さんの墨染を持っていることくらい、こっちはとっくにお見通しよ」

「何だと」

「去年の桜の咲く前だったか、下谷近くでやけに背の高い尼さんを見かけたが、ありゃおめぇだな」

「………」

「尼さんの恰好をしていれば、どんな尼寺にも大手を振って出入りができる。とはいえ、おめぇにしかできない芸当だよなぁ。元結を解いて頭を覆っちまえば、うまい具合に喉仏《のどぼとけ》も隠れるしよ」

あのときは関わり合いになるのが嫌で見て見ぬふりをしたけれど、こんなところで役立つとは思わなかった。

坊主は医者のふりをして吉原に繰り出すこともできる。だが、尼さんはそうもいかないので、にせの尼僧はさぞ本物にもてただろう。

千吉はしばらく六助を睨んでいたが、諦《あきら》めたようにうなだれた。

「仕方ねぇ。この貸しは大きいぜ」

「そうこなくっちゃ」

六助は笑顔で手を叩いた。

「ちっ、何も今日から降らなくたっていいじゃねぇか」

翌十三日は昼から雨になり、長屋にいた六助は舌打ちする。

今日は千吉と明日の手はずを打ち合わせることになっている。矢五郎だっていつまでも仲町の火事だけを調べてはいない。もたもたしている暇はなかった。

六助の頭の中で筋立てはしっかりできている。後は明日、お奈美の前で千吉とうまくやるだけだ。右手をぐっと握ったとき、腰高障子ごしに余一の声がした。

「とっつぁん、いるかい」

思いがけない訪れに六助の胸が飛び跳ねる。

ひょっとして、明日のことがばれたのか。いや、千吉にはちゃんと口止めしたし、話したのは昨日の夜だ。いくら何でもと思いながら戸を開ければ、傘を差した余一と千吉が並んで立っているではないか。

「どうして千吉と一緒なんだ」

つい唸《うな》るような声を上げれば、余一が不機嫌もあらわに言う。

「わざわざおれが言わなくても、とっつぁんはその理由を知っていると思うがな」

口止めしたにもかかわらず、口の軽い色男はさっそく余一にしゃべったらしい。じろりと横目で睨みつければ、千吉はおもねるような笑みを浮かべた。

「ひとまず中に入れてくれよ」

確かに立ち話ですむ話ではない。仏頂面のまま顎をしゃくれば、余一はさっさと下駄《げた》を脱ぐ。千吉も気まずげに後に続いた。

「余一には言うなと言っただろうが」

さっそく六助が文句を言うと、千吉が「だって」と下を向く。

聞けば、いつも自分のきものの始末を後回しにされるのが癪《しゃく》だったとか。「今回の企てを余一に教えて恩に着せようとした」と言われ、六助は頭が痛くなる。

「この馬鹿、何てことをしやがるんだ」

「馬鹿ってこたぁねぇだろう。俺は余一と六さんのために危ない橋を渡るんだぜ。余一にもありがたがってもらわねぇと割に合わねぇ」

「おれは頼んでもいねぇことを勝手にやられて、恩に着る気はかけらもねぇ。むしろ、いい迷惑だ」

顔のいい男が怒っていると、並みよりはるかに凄みが出る。六助はごくりと唾を呑《の》み、覚悟を決めて口を開いた。

「おめぇはそう言うけどな」

「しかも、子を亡くした女の傷をかきむしるような真似をするなんて……おれはとっつぁんを見損なったぜ」

余一は女が理不尽な目に遭うことを何より嫌う。今度の企てを知れば、怒り狂うことはわかっていたが、すべては目の前の昔馴染みを守るためだ。

黙り込む六助に代わり、千吉が怒って言い返す。

「おい、六さんはおめぇを巻き込まねぇように心を砕いていたんだぜ。そういう言い方はねぇだろう」

「とにかく、親分のおかみさんを利用するのは許さねぇ」

「だったら、六さんや俺がお縄になってもいいってのか。自分の脛がきれいだからって勝手なことばかりぬかすんじゃねぇ」

余一の剣幕に押されながらも千吉がきれいに並んだ歯を剝《む》き出す。六助は慌てて止めに入った。

「確かに俺の考えた手は卑怯《ひきょう》かもしれねぇ。だが、矢五郎に泣かされている人は大勢いるし、おかみさんだって死んだ子に捕らわれ続けている。流れた子が成仏したと思えば、心の区切りがつくだろう」

「それとこれとは話が別だ。こっちの都合で古傷をえぐっていいはずがねぇ」

「だから、その古傷を癒《いや》してやろうとしてるんじゃねぇか」

深い傷ほど荒療治が必要な場合もある。六助が負けじと反論すれば、余一は鼻の先で笑った。

「ふん、盗人にも三分の理か」

「おめぇだって女ときものは生き直せるって、いつも言っているじゃねぇか。このまま放っといたら、おかみさんはこの先も死んだ子のきものを縫い続けるぞ」

「だとしても、こんなやり方は」

「じゃあ、どんなやり方ならいいってんだ。お糸ちゃんのことといい、何もする気のねぇやつは引っ込んでろっ」

ここでお糸の名を出すのはそれこそ卑怯かもしれないが、今度の企てを思いとどまるつもりはない。

こちらの気迫が伝わったのか、お糸の名前が効いたのか。余一は黙り込んだ後、逃げるように立ち去った。

四

翌日はかろうじて雨が上がったものの、今にもまた降り出しそうな怪しい空模様だった。

つけ白髪と杖で年寄りに化けた六助は、五ツ（午前八時）前に神田仲町の焼け跡へ出かけた。

途中、下っ引きらしい男が近所の連中から燃えた店のことを聞いていた。さりげなく聞き耳を立てたところ、矢五郎は同心の原口庄助に呼ばれたらしい。

ならば、すぐ戻ってくることはないだろう。都合のいい成り行きに六助はしめしめとほくそ笑む。仕掛けるなら今しかないと、急ぎ自分の長屋に戻った。

「どうだった」

六助に声をかけたのは、ぞくっとするほど色っぽい妙齢の尼さん――に化けた千吉である。見事なもんだと感心しつつも、「声と言葉遣いに気を付けろ」と注意する。

「おめぇは身分の高い庵主《あんじゅ》様なんだぜ」

「それくらいわかってらぁ。それより矢五郎は」

「同心に呼び出されて出かけたらしい。須田町に行くなら今のうちだ」

早く行こうと促せば、千吉が大げさに顔をしかめる。

「ああ、気が進まねぇ」

「今さら何を言ってやがる」

「六さんだって余一の言い草は聞いただろうが。どうしてあんな野郎のために危ない橋を渡らないといけないのさ」

文句を言いたい気持ちはわかるが、今は聞いている暇がない。庵主様の機嫌を取るべく六助は顔の前で手を合わせる。

「頼む。おめぇだけが頼りなんだ。余一じゃなく俺を助けると思って」

「やれやれ、六さんは余一に甘いんだから」

千吉は墨染の裾《すそ》をさばいて大儀そうに立ち上がった。

岩本町の長屋から須田町の矢五郎の家まではいくらも離れていない。ただし、千吉は墨染を汚さないようしずしずと、六助は年寄りらしくよぼよぼと歩くせいで、やけに時がかかってしまった。

まずは周囲を見回し、下っ引きらしき姿がいないことを確かめる。それから咳払《せきばら》いをひとつして六助は玄関の戸を開けた。

「もぉし、すみません」

作ったしわがれ声を張り上げると、すぐに小女が飛び出してきた。年は十五、六だろうか。化粧っ気のない顔にそばかすが浮いている。

「はい、何でしょう」

「いきなり申し訳ございません。この家の前を通りかかりましたら、庵主様が成仏できない霊の気配を感じるとおっしゃいまして。びっくりさせると思いやしたが、声をかけさせてもらいました」

「ええっ」

小女は驚きの声を上げ、六助の後ろに立つ尼僧姿の千吉を見る。千吉はかすかにうなずいた。

「この世で産声を上げることができなかった赤ん坊の泣き声が耳についてのう」

裏声で告げたとたん、小女は声にならない悲鳴を上げる。そして、血相を変えて奥へと走った。

「お、おかみさん、大変ですっ。あ、あ、麻吉ちゃんの幽霊がいるんですって」

泣きそうな声が聞こえた後、三十路前後の女を連れてきた。

「あたしはお上から御用を預かる矢五郎の女房で、奈美と申します。あの、尼僧様のお名前を教えていただけますか」

案外気丈な性質らしく、膝《ひざ》をついたお奈美はまっすぐ千吉を見る。

矢五郎が惚れ込んだというだけあって、鼻筋の通った器量よしだ。きものはごく普通の松葉色の単衣だが、値の張る露芝《つゆしば》の織帯を締めていた。顔色は亭主同様青白いものの、こちらは家に閉じこもっているせいだろう。

外出もしねぇのに手間のかかった織帯を締めているなんて、思った通り奢《おご》った暮しをしていやがる。六助は一瞬眉を寄せ――すぐに表情を戻して「申し訳ありやせん」と頭を下げた。

「庵主様は尊い御身の上で、昨日江戸に着いたばかり。今はお忍びでござんすから、名前を教えることはできやせん」

六助の口から出まかせに千吉が優雅にうなずく。正体を承知していても、うっかり見とれてしまいそうだ。

その美しさに魅せられて信用する気になったのだろう。お奈美は素性のわからない六助たちを家の中に招き入れた。小女は霊の話など聞きたくないのか、真っ青な顔でお茶を出すとすぐに下がってしまった。

「あの、それで……庵主様がお聞きになった赤ん坊の霊の泣き声というのは」

千吉が湯吞に口をつけるのを待ち、お奈美が真剣な目つきで切り出す。千吉は一度湯吞を置き、目を閉じて耳をすませるようなしぐさをした。

「今も大声で泣いておる。無事に生まれることができなかった赤ん坊……かわいそうに、多くの人に恨まれて未《いま》だ成仏できないとは」

眉をひそめて呟いてから静かに手を合わせる。お奈美の顔が凍りついた。

「産声を上げずに死んだ子がどうして人の恨みを買うんですっ。そんなのおかしいじゃありませんか」

「親の因果が子に報いると昔から申すであろう。その子は父親に向けられた恨みを代わりに背負ってしまったのじゃ」

「そんな……」

蒼白《そうはく》になったお奈美の身体が小刻みに震え出す。六助は憐れな母親から目をそらさずにはいられなかった。

我が子が夫のせいで命を落としただけでなく、八年経っても成仏できずに泣いていると言われたのだ。死んだ子のためにきものを縫い続けてきた母親にすれば、さぞ耐え難い話だろう。

――子を亡くした女の傷をかきむしるような真似をするなんて……おれはとっつぁ

んを見損なったぜ。

吐き捨てるような余一の声が六助の耳によみがえる。

だが、これ以外にあいつを守る術《すべ》がない。六助は気持ちを切り替えると、わざとらしく洟をすすった。

「何てこった。何の罪もねぇ赤ん坊が父親のせいで」

さりげなく目配せすれば、千吉がかすかにうなずく。

「そなたの夫は町方の手先を務めていると申したな」

「は、はい」

「さような仕事をしていれば、人に恨まれることも多かろう。そのせいで赤ん坊が成仏できぬとはまことに憐れじゃ」

「ならば……父親が十手を返上すれば、今までの恨みは消えて成仏できるということでございますか」

いいことを思いついたと言わんばかりに六助が膝を打つ。千吉がもったいぶってうなずくのをお奈美は呆然《ぼうぜん》と見つめていた。

「おかみさん、聞いての通りです。赤ん坊の霊を成仏させたかったら、親分に十手を返上してもらってくだせぇ」

「いきなりそんなことを言われても」

お奈美が心底困り果てた様子でかぶりを振る。時のない六助はここぞとばかりに追い詰めにかかる。

「だったら、赤ん坊が未来永劫《えいごう》成仏できなくてもいいってんですか」

低い声で脅しをかけると、お奈美は縋るような目を千吉に向ける。

「庵主様のお力で、あの子を成仏させることはできないのですか」

「気の毒じゃが、そなたの亭主は他人の恨みを買い過ぎている。私の力をもってしても難しい」

「でも、十手を返上するなんて……」

言いよどむ姿を見て、六助は身勝手を承知で腹を立てた。死んだ我が子を一番大事に思っていれば、すぐにその気になるだろうと決めつけていたからだ。

亭主が親分だからこそ、囲われ女よろしく遊んでいられる。死んだ子がどうなろうと知ったことじゃねぇってのか。

だったら、もっと脅かしてやれ——六助は意地の悪い気分になって「おかみさん」と呼びかけた。

「この家に麻の葉柄の子供のきものはありやすか」

「え、ええ」

「そのきものに赤ん坊の霊が憑《つ》いていやす。庵主様、そうでござんすね」

いきなり打ち合わせにない話を振られ、千吉が目をしばたたく。が、すぐにこちらの意図を察し、「その通りじゃ」と顎を引く。

「赤ん坊の霊はそのきものに憑いておる」

「ひっ」

千吉が言い切ったとたん、襖《ふすま》のむこうで小女の悲鳴がした。どうやらすぐそばで聞き耳を立てていたらしい。

一方、お奈美は弾《はじ》かれたように立ち上がると、座敷から飛び出した。

さては正体を見破られたか。六助も慌てて立ち上がったが、続けて玄関の戸が開く音はしない。どうやらお奈美は亭主を呼びに行ったのではないらしい。

そしていくらも待たないうちに、麻の葉柄のきものの山を両手で抱えて戻ってきた。

「庵主様、教えてください。このきもののどれに麻吉が憑いているんです」

目を血走らせたお奈美は大きさの異なる同じ柄のきものを九枚並べる。これらがまとめて干してあったら、傍目《はため》にはさぞ子だくさんの家に見えるだろう。

「どれです、どれに憑いているんでございます」

　さっきまでは途方に暮れたような顔をしていたのに、今のお奈美はまるで噛みつきそうな剣幕である。その勢いに圧倒されて、千吉が後ずさろうとする。六助は慌てて脇から答えた。

「庵主様、さっきおっしゃったじゃありやせんか。きものに袖を通すことなく亡くなったから、一番小さいきものに憑いていると」

「そ、そうじゃ。このきものに憑いておる」

　千吉はうろたえながらも一番小さなきものを指差す。お奈美はそのきものを両手で胸に抱き締めた。

「麻吉、ごめんなさいっ。おっかさんはあんたを守れなかった」

　お奈美はきものと一緒に我が子を抱き締めているつもりなのだろう。そして、ひとしきり泣いてから「お願いでございます」と千吉にひれ伏した。

「どんな姿でも構いません。この子を成仏させる前に、ひと目会わせてくださいまし」

　思いがけない頼みに千吉は顔を引きつらせ、六助は息を呑む。襖の陰からは「ひぃぃ」という情けない声がした。

「お、おかみさん、悪いことは言いやせん。やめておいたほうがよござんす」

我に返った六助の言葉に千吉は無言で何度もうなずく。予想外の出来事にうまく言葉が出ないらしい。

「俺も以前、成仏できない霊の声を聞いたことがございやす。どれも耳を覆いたくなるような、一度聞いたら忘れられねぇ嫌な声で……下手すりゃ、一生うなされかねねぇ。諦めなすったほうがいい」

これは本当のことなので、六助の声にも気持ちが入る。だが、お奈美は聞き分けてくれなかった。

「たとえ化物のような姿でも構いません。ひと目我が子に会いたいんです」

そう訴える母親の目はすっかり色が変わっている。六助の背中に冷や汗が流れた。

この家に来てすでに小半刻《こはんとき》（約三十分）は過ぎている。このまま話が長くなり、矢五郎と鉢合わせをしたらおしまいだ。

ままよと六助は思い切った。

「このきものに憑いているのは赤ん坊の霊だけじゃありやせん」

「えっ」

「九枚のきものすべてに親分を恨む霊が憑いていやす。だから、赤ん坊は成仏することができねぇんでさ。庵主様、そうでございましょう」

「そ、そうじゃ、そうじゃ」

千吉はもはや相槌《あいづち》を打つのが精一杯らしい。六助は「ですから」と話を続けた。

「そういう霊もろとも成仏してもらうには、親分が十手を返上するしかありやせん」

「でも、成仏してしまったら、永遠にあの子に会えないでしょう」

六助がさらに言い返す前に、お奈美は再び畳の上でひれ伏した。

「あの子の霊に会うことができたら、迷わず成仏できるよう十手を返上してくれと亭主に頼みます。ですから、どうか庵主様のお力であたしに会わせてくださいまし」

涙ながらに頼まれて六助は後に引けなくなる。かくなる上は仕方がねぇと、忘れてはならない台詞《せりふ》を口にした。

「では、この九枚のきものはお預かりしやす。ただし、矢五郎親分に俺たちのことは黙っていてくだせぇ。一言でもしゃべったら、赤ん坊の霊には会えやせんよ」

お奈美は思い詰めた表情でうなずいた。

五

麻の葉柄のきものを抱えて六助の長屋に戻ったとき、まだ昼前だというのに二人とも疲れ切っていた。

「で、これからどうすんのさ」

「今、それを考えているんじゃねぇか」

「言っとくが、俺はもう知らねぇぞ。尼さんの恰好で矢五郎の家まで行ってやったんだ。後は六さんがひとりでやんな」

お奈美の言動に振り回され、千吉は嫌気がさしたらしい。こっちも無理を言った覚えはあるので、もっと付き合えとは言いづらい。

「ああ、おめぇは抜けていい。ただし、この天気じゃ明日も土手は乾かねぇだろう。見世はしばらく休みにする」

千吉は眉を寄せたものの、文句を言わずに帰っていった。ひとりになった六助は麻の葉柄のきものを一枚ずつ広げる。

縦横に伸びる寸法は、「何歳ならこのくらい」と他人から教えてもらったのか。いずれにしても、お奈美は我が子の成長を思い浮かべて縫ったのだろう。

千吉の尼僧姿は完璧だったし、このまま手を引いてしまえばいい。矢五郎がいくら下っ引きを走らせたって、尼僧の正体を突き止めることはできないはずだ。

そして、女房に近づいた怪しい二人が気になって、六助たちの調べは後回しになる。

十手返上は夢と消えたが、千吉を拝み倒して危ない橋を渡った甲斐は十分にあった。

そう思い込もうとしたけれど。

――たとえ化物のような姿でも構いません。ひと目我が子に会いたいんです。

涙を浮かべたお奈美の顔を六助は忘れられなかった。

死んだ我が子に会える、初めて声が聞けると、お奈美は一途に信じている。庵主が再び訪ねてくる日をひたすら待ち続けるだろう。たとえ亭主が「無駄だ」と言っても、聞く耳を持たないに違いない。

赤ん坊が死んでから八年間、きものを縫い続けた女のことだ。ひょっとしたら、生きている限り尼僧を待っているかもしれねぇ――そう思ったとたん今までにない後味の悪さに襲われて、六助は麻の葉柄のきものから目をそらす。

やっぱり、余一が言うように手を出すんじゃなかった。しみじみため息をついてから、六助はお奈美の縫ったきものを抱えて櫓《やぐら》長屋へ向かった。

「だから、言わんこっちゃねぇ」

「すまん」

「今さら泣きついてこられたって迷惑だ」

「ああ、おめぇの言う通りだ」

余一に事情を打ち明けると、面と向かって罵《ののし》られた。

六助は何を言われても頭を下げることしかできない。そのうち文句も尽きたのか、余一が疲れた表情で麻の葉柄のきものを手に取る。

「おれはとっつぁんと違って、怪しげなもんが見える訳じゃねぇ。我が子の霊に会いたいと言われてもな」

「おい、俺だって怪しげなもんが見える訳じゃねぇぞ。ときどき怪しげな声が聞こえるだけだ」

だから、流れた子の霊に会いたいと言われても困る――調子に乗って言い返したら、刺すような目で睨まれた。

六助は慌てて「怖い顔するなって」と頭をかく。

「仕方ねぇだろう。まさか、成仏できねぇ我が子に会いたがるなんて思ってもみなかったんだから」

たとえ血を分けた我が子でも、この世のものでないと思えば薄気味悪さが先立つはずだ。まして水子の霊なんて考えるだに恐ろしい。我知らず身震いすると、余一がぽつりと呟いた。

「それだけかわいいんだろう」

「矢五郎も生まれてくるのを楽しみにしていたんだろうな。麻吉って名を考えていたくらいだし」

麻は丈夫ですくすく伸びる。それにあやかり子供の産着は女の子なら赤、男の子なら浅葱《あさぎ》の麻の葉柄が多いと聞くが、お奈美の子は生まれる前に死んでしまった。

「そこまで親に思われて迷っているはずがねぇ。どうせ嘘をつくのなら、それらしい嘘をつきやがれ」

「そんなことを言ったって」

一番の狙いは矢五郎の十手返上だが、これを機にお奈美も我が子の死を乗り越えられればと思ったのだ。万策尽きた六助は「この通り」と手をついた。

「俺のために手を貸せとは言わねぇ。我が子の死から立ち直れねぇおかみさんのために、おめぇの力を貸してくれ」

「とっつぁん、そいつは卑怯だろう」

「何とでも言いやがれ」

開き直って言い切ると、余一は再び麻の葉柄のきものを見た。

「生きていれば、九歳か」

そして、余一は意外な人の名を口にした。

いよいよ梅雨に入ったのか、十五日から降り続く雨は十七日の朝になっても止《や》まなかった。六助はいつも通りの恰好で須田町の矢五郎の家に向かった。

仲町の火事の探索はまだ続いており、家にはお奈美と小女しかいないとあらかじめ確かめてある。それでも、傘を差して歩く足取りは年寄りに化けていたときよりもさらに重い。余一の筋書きがうまくいくのか、半信半疑だったからだ。

――明日の四ツ半（午前十一時）過ぎに、親分のおかみさんを櫓長屋に連れてきてくれ。

昨夜、余一から言われたときは腰が抜けそうになった。その後、筋書きを聞いて一応納得はしたものの、こっちの正体をさらすなんてあまりにも危険すぎる。とはいえ、「何とかしてくれ」と泣きついた手前、「やっぱりいい」とは言い出せない。

いっそ、いつまでも着かなきゃいいのに……。好きな男と並んで歩く娘のようなことを思っているうち、六助は矢五郎の家に着いてしまった。

ここで思いとどまれば、にせの庵主の正体がばれることはないだろう。その代わり、お奈美はいつまでも待ち続けるに違いない。麻吉のきものを持った庵主が訪ねてくるのを。

「……馬鹿だよなぁ」

呟いた言葉は果たして誰に向けたものか。六助は大きく息を吸い、「ごめんなさいよ」と声をかける。

「俺は庵主様に言われて、おかみさんを迎えにきたもんです。一緒についてきてくだせぇ」

応対に出た小女は前回と同じように奥へと走る。すぐに興奮した面持ちのお奈美が出てきた。

「あなたがお迎えの人ですか。庵主様は今どこに」

どうやら、この間の年寄りだと気付かれてはいないらしい。六助は内心ほっとしながら、お奈美に愛想よく言った。

「俺はおかみさんを連れてこいと言われただけなんでさ。詳しいことは着いてから聞いてくだせぇ」

六助とお奈美は傘を差して櫓長屋に向かった。

「どうぞ、お入りくだせぇ」

「ここに庵主様がいらっしゃるんですか」

高貴な身分の庵主に長屋は不似合いだと思ったのだろう。お奈美は怪訝《けげん》な顔をしたが、素直に足を踏み入れて――すぐに大きな声を上げた。

「庵主様はどこ、どこにいらっしゃるんです」

「あいにくここにはおりやせん」

「だったら、どうしてあたしを連れてきたんです。庵主様に頼まれたって言ったじゃありませんか」

強い困惑はたちまち怒りにすり替わる。目をつり上げるお奈美に余一が穏やかに話しかけた。

「おかみさん、落ち着いてくだせぇ。庵主様は自分の勘違いに気が付いて、後の始末をおれに任せたんでさ」

「勘違いですって」

「おかみさんの縫ったきものには赤ん坊の霊なんぞ憑いちゃいなかった。憑いていたのは、別のもんでさ」

「そんな馬鹿な……」

お奈美は目がくらんだようにへなへなと土間に崩れ落ちる。六助は慌てて上《あが》り框《がまち》に引っ張り上げ、湯呑に水を汲《く》んで差し出した。

「まずはこいつを飲んで落ち着いてくだせぇ」

言われるがままに口をつけ、湯呑の水を一気に飲み干す。それでいくらか落ち着いたのか、お奈美は目を閉じて胸を押さえる。余一はその姿を身じろぎもせずに見つめていた。

「そうがっかりするこたぁねぇでしょう。赤ん坊は成仏していたんだから、喜んだっていいくらいだ」

「男のあなたにはわからないわよ。我が子の産声を聞くことができなかった母親の気持ちなんて」

お奈美に睨まれても余一はまるで怯《ひる》まない。「おっしゃる通り、おれにはわからねぇ」とあっさりうなずく。

「けど、きものに憑いているもんの始末を庵主様に頼まれやしたから」

「いったい何が憑いていたというの。亭主を恨んでいる人たちの恨みの念だけ憑いているとでも？」

「いいえ、憑いていたのはおかみさんの恨みの念でさ」

「何ですって」

お奈美は瞬きを忘れたように目を見開いて余一を見返す。

「おかみさんの子は成仏したが、我が子を失ったおかみさんの悲しみは薄れることなく、いつしか恨みに転じてきものに染みついたんだ」

「違うわ、あたしはそんなんじゃ」

「だったら、どうして八年も家に閉じこもっていなすった」

「それは……」

「身の危険があるというなら、下っ引きと一緒に出かければいい。それをしないってこたぁ、おかみさんが外に出るのを嫌ったんだ。往来を歩いていれば、嫌でも子供が目に入る。どうしてあの子は生きていて、うちの子は死んでしまったのか。そう思うのが嫌だから、家から出なかったんじゃねぇですか」

言われたお奈美は目をつぶり、唇を震わせる。そのつらそうな態度こそ図星をさされた証《あかし》だろう。

「そうやって他人をうらやみ、己の不幸を嘆いていたんじゃ、しあわせになんかなれっこねぇ。だから、おかみさんの恨みを祓《はら》わせてもらうことにしやした」

「ど、どうやって」

「おい、入ってきな」

余一の声を合図に腰高障子が開き、傘を閉じた達平《たっぺい》が元気よく飛び込んできた。去年より大きくなった身体に麻の葉柄のきものを着て。

「おばちゃん、ありがとう。おいら、こんな新しいきものは初めてだ」

子供から笑顔で感謝されれば、今さら「返せ」とは言いづらい。このために六助は達平の寸法をわざわざ測りに行ったのだ。お奈美は上り框に座ったまま、言葉もなくよろめいた。

「おばちゃん、大丈夫かい」

「え、ええ、大丈夫よ。坊やは何て名前なの」

「おいら、達平ってんだ。達者で平穏に暮らせますようにって、おっとうがつけてくれたんだぜ」

「そう、いい名前ね」

達平を見るお奈美の目は明らかにうるんでいる。恐らく、死んだ我が子と重ねているに違いない。持ち主に無断で勝手な真似をしておきながら、余一はまるで悪びれなかった。

「子供のきものはどんどん変わる。いつまでも汚れひとつねぇきものなんて、気味が悪いだけでさぁ」

子供のきものは大きくなることを見越して、肩上げや腰上げがしてある。まして男の子のきものなら頻繁に墨や泥がつき、袖が取れたり、裾が切れたりするものだ。

母親は小言を言いながら汚れたきものを洗い、取れた袖を縫ってやる。そして短くなったきものの丈で我が子の成長を実感する。

「きものは着てこそ『着物』でさ。麻吉って子の分まで思う存分着倒してやったほうがいい。おれはそう思いやす」

お奈美はうつむいて聞いていたが、ふと気付いたように達平に聞いた。

「坊や、年はいくつ」

「十一だよ」

その答えを聞いて、六助は内心首をかしげた。

麻吉は生きていたら今年で九歳のはず。達平は年の割に小柄なのか、お奈美が大きめに仕立てたのか。胸に浮かんだ疑問に答えてくれたのは余一だった。

「袖は肩上げを下ろしてごまかしやしたが、丈がどうしても足りなくて。柄が同じを幸いに、二番目に小さいきものを解いて生地を足させてもらいやした」

「でも、裾に余計な縫い目はないわ」

「生地を足したのは裾じゃねぇ。三尺帯の下のところだ」

だから一見わからないと言えば、お奈美も納得したらしい。それから土間に立つ達平を見つめ、ぎこちなく微笑《ほほえ》んだ。

「よく似合うわ」

ほめられた達平は照れくさそうに鼻をこする。

「おばちゃん、おいら大事に着るよ」

「いいえ、大事になんて着なくていいわ。すぐにまた大きくなって丈が足りなくなるでしょうから」

「おいらが着られなくなったって、年下の子は着られるもの。おいらの背がもっと伸びたら、このきものをお下がりにしてあげるんだ」

他の子がお下がりを当てにしているなんて思いつきもしなかったらしい。お奈美は驚いたように目を瞠り、泣き笑いの表情でうなずいた。

「達平ちゃんはえらいわね。周りのことまで考えてあげられて」

ほめられたにもかかわらず、達平はなぜか気まずそうに余一を見る。それから土間に目を落とした。

「ううん、前は他人のことなんてちっとも考えていなかった。うちは貧乏で、おっかぁは病気だから、ちょっとくらいズルしたって構わねぇ、おいらは子供だから大目に見てもらえるって……おいらより大変な子はこの世に一杯いるって知ってたけど、だから何だって思ってたんだ」

生意気な達平の口からそんな言葉が飛び出すとは。ひょっとして余一の差し金かと横目で見れば、余一も驚いた顔をしている。ひとりお奈美だけが真剣な表情で聞き入っていた。

「おばちゃんの子は死んじゃったって聞いたけど、しあわせだと思うよ」

「……どうして」

「だって、死んでもきものを縫ってもらえるくらい、おっかぁに思われているんだもの。世の中には、親に邪険にされる子や売られる子だっているんだぜ」

「達平ちゃん、ありがとう」

お奈美が目を細めた拍子にぽろりと涙がこぼれ落ちる。

八年間、我が子に申し訳ないことをしたと思い続けてきたのだろう。自分と矢五郎の子でなかったら、無事に生まれてこられたのにと。お奈美は袖口で目元をぬぐって余一を見た。

「その他のきものも差し上げますから、どうぞ着られる子にあげてください。あたしはこれで失礼します」

「おかみさん」

六助が口を開く前に、余一がお奈美を呼び止めた。

どうやら余一も抜かりなく口止めをする気でいたようだ。六助がほっとしたのも束《つか》の間《ま》、余一の口から出てきたのはまるで予期せぬ言葉だった。

「これは持っていってくだせぇ」

差し出したのは一番小さな麻の葉柄のきものである。

「たとえ生まれてこられなくても、麻吉って子が確かにいたって証です。そして、これからは自分のそばで生きている亭主のことを考えてくだせぇ」

お奈美はきものを受け取ったが、その顔つきは硬かった。子供の達平には素直になれても、余一の言葉は押し付けがましく感じるらしい。

「おかみさんが我が子の死を悲しむ限り、親分だって己を責め続けることになる。これからは着せる当てのねぇきものより、亭主のきものを縫ったほうがいい。そのほうがあの世の麻吉ちゃんだって喜びやす」

いや、そんなことより「今日のことは亭主に言わないでくれ」と早く言え。六助がひとり焦っている間に、お奈美は出ていってしまう。

「あ、おかみさんっ」

慌てて六助が呼び止めたが、お奈美の足は止まらなかった。

六

達平が上機嫌で帰ってから、六助は今後のことを考えた。

お奈美は今日のことをきっと亭主に言うだろう。そして、矢五郎はどう出るか……。

やっぱり、櫓長屋に連れてくるんじゃなかった。ため息まじりに思ったとき、余一が「皮肉なもんだ」と呟いた。

「あんなに待ち望まれた子が命を落とし、おれみてぇな疫病神が生まれちまうんだから。世の中ってのはままならねぇな」

自嘲《じちょう》めいた口ぶりに六助は内心舌打ちする。

「生老病死は神仏の決めるこった。おめぇが気に病むことじゃねぇ」

これ以上繰り言を続けるなら、死んだ子のきものを縫い続けたお奈美とたいして変わらない。六助はまなじりをつり上げる。

「さっき、おかみさんに言ったよな。これからは自分のそばで生きている亭主のことを考えろって。おまえだって死んだ母親のことより、自分とお糸ちゃんのことを考えるべきじゃねぇのか」

亭主のせいで襲われたのに、お奈美は矢五郎と別れなかった。きっと矢五郎だけでなく、お奈美も心底亭主に惚れているのだろう。そういう相手と巡り合い、一緒になれただけで十分しあわせではないか。

力を込めて断言しても、頑固な職人はうなずかなかった。

「親分とおかみさんは夫婦だが、おれとお糸ちゃんは違う。同じように考えるほうが間違ってるぜ」

「余一、いい加減にしやがれ」

他人には「これからを考えろ」と言うくせに、どうして自分は別なのか。我慢できずに一喝すれば、余一は力なくうなだれた。

「とっつぁん、おれは怖いんだよ」

その声があまりに弱々しくて、六助は目をしばたたく。

余一は腕のいいきもの始末の職人で、こっちが「助けてくれ」と泣きつくたび、口では文句を言いながら決まって何とかしてくれた。

そんな頼りになる男が何を怖いと言うのだろう。ごくりと唾を呑み込めば、信じられない言葉が続く。

「おれの身体には思いがかなわなかった腹いせに、惚れた女を手籠《てご》めにしたろくでなしの血が流れている。何かのはずみでその血が暴れることがあれば、お糸ちゃんを傷つけちまう」

おめぇ、そんな馬鹿なことを気にしていたのか――と口に出すことはできなかった。六助だって「親の因果が子に報いる」と千吉に言わせたばかりである。親はなくても子は育つが、血のつながりはなくならない。

「所帯を持てば子ができる。おれが誰かと夫婦になれば、我が子にもろくでなしの血が引き継がれる」

「いや、でもな」

余一だって好きでろくでなしの血を引いて生まれた訳ではない。そこまで気に病まなくていいだろうと言う前に、余一が首を左右に振る。

「血の因果に悩むのは、おれひとりで十分だ」

誰よりも大切だからこそ、お糸ちゃんとは一緒にはなれない――六助の耳にはそう聞こえた。

翌十八日から晴れが続いて土手も乾いた五月二十日、六助は久しぶりに見世を開いた。

千吉が矢五郎の件を聞きたくてうずうずしているのがわかったけれど、こんなところでは話せない。何よりけりがついたのか、六助もよくわからなかった。

矢五郎がここへ来たら、何とごまかせばいいものか。内心びくびくしていたら、八ツ（午後二時）過ぎにその十手持ちがやってきた。

「うちの女房に妙な真似をしやがって。何が狙いだったんだ」

「さぁ、何のことでしょう」

無駄と知りつつしらばっくれると、矢五郎が口を歪める。

「俺を恨む者が多いせいで赤ん坊が成仏できないとは。こじつけにしてもよく考えたもんだよなぁ」

「い、いえ、あれは勘違いで」

「えらくべっぴんの尼さんだったそうだが、どっから連れてきやがった」

「どっからも何も……いきなり余一の長屋に来て、麻の葉柄のきものを押しつけていったんでござんすよ」

しどろもどろになりながら、六助はかろうじて言い返す。十手持ちは口の端で笑った。

「おめぇの狙いは俺に十手を返上させることだろう。どうして途中から筋書きを変えたんだ」

「ですから、筋書きも何もありやせんって。俺と余一は見ず知らずの尼さんに頼まれたことをしただけで」

「うちの小女は案外しっかり者でな、十四日のうちに妙な尼さんと年寄りが来たことを俺に教えてくれたのよ」

驚きのあまり目を剝いた六助の前で矢五郎は平然と話を続けた。

赤ん坊の霊がきものに憑いていると言われて、本気にする十手持ちはいない。だが、信じ込んでいるお奈美のためにしばらく様子を見ようと、手下に己の家の周りを見張らせていたという。

「おめぇが庵主の使いとして来たのを知って、すぐに狙いは読めた。だから、おめぇとお奈美の後をつけ、頃合いを見て踏みこもうと様子をうかがっていたんだが」

「…………」

「余一って男が妙なことを言い出しやがるから……いつ踏み込んでいいのか、わからなくなっちまってな」

六助はもはや相槌を打つこともできなくなり、鏡の前の蝦蟇《がま》よろしくひたすら冷や汗を流していた。

足を洗って久しいとはいえ、須田町の家が見張られていたことも、後をつけられていたこともまるで気付いていなかった。外で出番を待っていた達平だってわからなかったに違いない。

「よりによって亭主のことを考えろとお奈美に言うとは思わなかった。余一ってなぁ、おかしな男だな」

「おっしゃる通りで」

何とか声を絞り出せば、矢五郎が急に眉根を寄せる。

「雪持ち柳の小袖……ありゃ、余一が始末をしたのか」

「へ、へえ」

「なるほどな」

納得したように呟いてから、矢五郎はじろりと六助を睨む。

「てめぇらの狙いが何であれ、今度お奈美に近づいたら容赦しねぇ。二度と俺の家に近づくな」

「……へえ」

「その代わり、俺もおめぇたちには二度と近づかねぇよ」

「親分、そりゃ」

どういう意味かと尋ねる前に、矢五郎はこちらに背を向けて歩き出す。六助は遠ざかる後ろ姿を信じ難い思いで見送った。

十手を返上させようとして女房にちょっかいを出したのだ。矢五郎に知られたら最後、ただではすまないと思っていた。まさか見逃してもらえるばかりか、今後は近づかないと言われるなんて。

今回絡んできたのは井筒屋の差し金ではなく、矢五郎ひとりの思惑だったということか。いずれにしても六助のもっとも恐れていたこと――井筒屋と余一のつながりが十手持ちに暴かれることは避けられたようである。

――おかみさんが我が子の死を悲しむ限り、親分だって己を責め続けることになる。これからは着せる当てのねぇきものより、亭主のきものを縫ったほうがいい。そのほうがあの世の麻吉ちゃんだって喜びやす。

我が子が死んで苦しみ続けてきたのは、お奈美だけではなかったのだ。矢五郎は気持ちを察してくれた余一の言葉が沁《し》みたのだろう。

これを機に須田町の矢五郎がまっとうな十手持ちに戻るとは思わない。家にこもっていたお奈美が気持ちを切り替えるのとは訳が違う。どんな事情があろうとも、八年間十手を笠《かさ》にあこぎな真似をしてきたのだ。

それでも、神田界隈の住人はほんの少し暮らしやすくなるだろう。にわかに胸が熱くなり、六助は五月晴れ《さつきば》の空を見上げた。

「おい、六さん。今のはどういうことだい」

千吉に尋ねられたけれど、説明している暇はない。「見世は任せた」と言い捨てて、六助は白壁町《しらかべちょう》へと駆け出した。

なかぬ蛍

一

いくら梅雨《つゆ》でも、続けて雨なんか降らなくていいのに。

五月二十二日の八ツ（午後二時）過ぎ、おみつは店と母屋《おもや》をつなぐ渡り廊下の雑巾《ぞうきん》がけにうんざりしていた。

もちろん雨が降らなかったら作物が枯れて飢饉《ききん》になる。それは承知していても、雨の日は渡り廊下を再三再四拭《ふ》かねばならない。廊下が濡《ぬ》れていると滑りやすく、歩いた人の足袋《たび》の裏やきものの裾《すそ》が汚れるからだ。

己の足袋の裏は見えなくとも、他人《ひと》の足袋の裏はよく見える。ましてここ、日本橋《にほんばし》通町《とおりちょう》の大隅屋《おおすみや》は呉服太物《ふともの》を扱う大店《おおだな》である。奉公人はいざ知らず、主人やその身内の足袋が汚れていたらみっともない。

とはいえ、おみつだって廊下の雑巾がけだけをしていればいい訳ではない。早く止《や》んでくれないかと、天を恨めしく思ったとき。

「おみつ、お玉《たま》は」

呼ばれて顔を上げたところ、御新造《ごしんぞ》のお園《その》が目の前に立っていた。朝から出かけていたようだが、今帰ってきたらしい。

「御新造さん、お帰りなさいまし。お嬢さんなら奥にいらっしゃいますが、先にお召し替えをなさってはいかがですか」

差し出がましいと思いつつ、おみつは言わずにいられなかった。訪ねた先が遠かったのか、お園は足袋の先どころか袖《そで》まで色が変わっている。

「今日は少し肌寒いですし、風邪をひいたら大変ですから」

「それもそうね。だったら、おみつはお茶の支度をしておいて」

お園はあっさりうなずいて脇を通り過ぎていく。その足跡を再び雑巾で拭きながら、おみつはかすかに眉《まゆ》を寄せた。

大隅屋の跡取り娘として育ったお園は広く知られた着道楽で、高価なきものを山のように持っていた。それを嫁のお玉に着せて見せびらかして歩いたせいで、嫁と姑《しゅうとめ》を貶《おとし》める悪意に満ちた瓦版《かわらばん》が江戸中に出回った。その噂《うわさ》を払拭《ふっしょく》するために、お園は自慢のきものを手放し、それによって得た金で着たきり雀《すずめ》の貧乏人に古着を施したのである。

幸い古着の施しは評判を呼び、呉服太物問屋大隅屋は江戸っ子の間で名を上げた。店には多くの客が押し寄せ、衣替えの前という時期も手伝い、大いに繁盛《はんじょう》したのである。

その一連の騒ぎの際、お園はおみつに言ったのだ。

――これからは地味なきものを着て、家でおとなしくしています。おみつ、それでいいんでしょう。

貧乏人に古着を施すことを薦めたのは余一だけれど、「きものを手放すように御新造さんを説得して」と余一に頼んだのはおみつである。

毎日着飾って出歩けば、いらざる世間の妬《ねた》みを買う。お園もさすがに身に沁《し》みたのか、この二月《ふたつき》はおとなしかった。だが、こんな雨の中を出かけるなんて、そろそろ生来の遊びの虫がうずき出してきたのだろう。挙句、濡れたきものを着替えもせずにお玉のところに押しかけようとするなんて。

もういい年なんだから、少しは落ち着いてちょうだいよ。こっちも何かと忙しいし、気まぐれで面倒を増やされたらかなわないわ。腹の中で文句を言いつつ、おみつは使った雑巾を手早く洗って固く絞る。

三月に件《くだん》の瓦版が撒《ま》かれた際、主人の孫兵衛《まごべえ》は出入りの十手持ちに誰の仕業か調べさせた。しかし、未《いま》だに手がかりは摑《つか》めていないと聞いている。

卑劣な真似《まね》をしたのは大隅屋の商売敵か、または恨みを持つ者か。はっきりしたことがわからない中、「米沢町《よねざわちょう》にある井筒屋の仕業に違いない」と心ひそかに思っているのは、恐らくおみつひとりだろう。

井筒屋の主人、愁介《しゅうすけ》は江戸一番の両替商、後藤屋《ごとうや》の血を引くお玉を妻にしたがっていた。嫁姑の醜聞《しゅうぶん》が広まれば、お玉が離縁されると考えたに違いない。

けれども、おみつはこのことをお玉にも打ち明けられなかった。

――ならば、おまえにだけ話しておく。ただし、このことは他言無用だ。お玉にもお耀《てる》にも言ってはいけないよ。

お玉の祖母が井筒屋の娘で実は駆け落ち者だったと知っているのは、桐屋《きりや》の主人の光之助《こうのすけ》とお玉に仕える自分だけだ。誰より慕っていた祖母が人別を偽っていたなんて、できればお玉に知らせたくない。

大隅屋の跡取り、綾太郎《あやたろう》は余一に比べると頼りないが、真面目《まじめ》で商売熱心である。何より、お玉本人が縁あって結ばれた夫をすっかり好きになっている。

後藤屋と縁続きになりたいだけの相手にお嬢さんのしあわせをぶち壊しになんてさ

せないわ。おみつは雑巾と桶《おけ》を持ち、お茶の支度をするべく立ち上がった。

「お玉、ちょっと聞いてちょうだい」

洒落《しゃれ》た網干《あぼし》柄の単衣《ひとえ》に着替えたお園はすぐに嫁のところへやってきた。このところ「きものの数が減ったおかげで何を着るか迷わない」と嫌みを繰り返していたが、それにしたってずいぶん早い。

御新造さんは何だってそんなに慌てているのかしら。ひそかに身構えるおみつの前で、お玉はにこやかに姑を迎える。

「おっかさん、お帰りなさいませ。まずはお茶でもいかがですか」

すっかり人妻らしくなったお玉は千草色《ちぐさ》（緑がかった明るい青）の地に沢瀉《おもだか》と流水《りゆうすい》柄の単衣を着ている。帯は蘇芳《すおう》色の地に六つのひょうたん柄で、これは「むひょう」、すなわち「無病」の語呂合わせである。

嫁入り前は祖母のお古の地味なものばかり着ていたが、お園にいろいろ着せられて女らしく装う楽しみを覚えたようだ。そういう意味では、傍《はた》迷惑な着道楽も役に立ったと言えなくはない。

おみつがお茶を差し出せば、お園は湯呑《ゆのみ》を手に取ってそのまますべて飲み干した。

「この雨の中、お疲れ様でございました。玉泉堂《ぎよくせんどう》さんはいかがでしたか」

いたらしい。

姑が一息つくのを待って、お玉が心配そうに聞く。どうやらお園の行き先を知って

「梅雨時で火の回りが遅かったんでしょう。母屋の一部は焼けたけれど、店と蔵は無事、玉泉堂の御夫婦もかすり傷ひとつなかったわ」

「それはようございました。あちらは奉公人がすべて通いですから、夜は御夫婦二人だけですもの。怪我《けが》でもなすっていないかと心配していたんです」

「そこは心配いらないわ。火事と言ってもたいしたことはなかったから」

二人のやり取りから察するに、お園はこの雨の中、四谷《よつや》の骨董《こっとう》商、玉泉堂の火事見舞いに行ったらしい。

江戸に住んでいる限り、火事は決して他人事《ひとごと》ではない。得意客が火事と聞けば、駆けつけるのが礼儀である。

お嬢さんに玉泉堂さんの無事を伝えたくてあんなに急いでいたんだわ。あたしはてっきり遊びの虫がうずいたのかと……御新造さん、勘違いしてすみません。

おみつが心の中で謝ったとき、「でも」とお玉が首をかしげる。

「たいしたことがなかったのなら、おっかさんはどうして難しいお顔をなさっているんですか」

言われてお園の顔を見れば、なるほど、やけに表情が硬い。お園は大きなため息をつき、「それがねぇ」と目を伏せる。

「今度の火事で、玉泉堂さんの思いがけない本性がわかったのよ」

玉泉堂は江戸の好事家《こうずか》に知られた店で、一両以下のものは扱わないと言われている。当然、客は一握りの金持ちに限られており、主人も常に高価なものばかり身に付けているらしい。

――いいものが高いのは当たり前、うちの店には選《え》りすぐりのいいものしか置いていないのです。

そう口にして憚《はばか》らない骨董商は、大隅屋できものを誂《あつら》えるときも決して値切ったりしない。「これほどの品がその値では安すぎる」と、かえって多く支払うようなありがたい客だと聞いていた。

「あちらの御主人が買ってくださると、店の位が上がるっておっしゃっていたじゃありませんか。思いがけない本性だなんて……いったいどういうことです」

祖母が骨董の目利きだったため、お玉は小さい頃から玉泉堂の主人を知っている。

一方、名前しか知らないおみつは思いつきを口にした。

「隠し女が火事を知って、店に押しかけてきたんですか」

お茶のお替りを差し出せば、お園は女中の口出しを咎《とが》めもせずに湯呑を取った。

「大店の主人に女のひとりや二人いたところで、誰も驚いたりしませんよ。むしろ、女に金をかけるくらい鷹揚《おうよう》だったらよかったのに」

そう言ってお茶を一口飲み、さも残念そうにかぶりを振る。

「私も信じられないわ。人は見かけによらないとはこのことね」

「おっかさん、お願いですからはっきりおっしゃってくださいな。玉泉堂さんの本性は何だったんです」

焦《じ》れたお玉に急《せ》かされて、お園は湯呑を置いて咳払《せきばら》いした。

「二人とも、これはここだけの話よ」

「はい」

「玉泉堂の御主人はね……実はケチだったのよ」

天下の大事を打ち明けるように、お園は前かがみで声をひそめる。その答えのくだらなさにおみつはぽかんと口を開き、お玉は額にしわを寄せる。

「玉泉堂さんがケチだなんて……うちできものを誂えるとき、多く払ったことはあっても値切ったことは一度もないとうかがっています」

「だから、人前では見栄を張り、見えないところでとことん金を惜しんでいたの」

「何を証拠にそんなことを」

見栄っ張りな江戸っ子は「ケチ」と言われるのをことさら嫌う。食い下がる嫁に向かって姑は胸を反らした。

「証拠は火事の晩に着ていた寝巻よ」

一昨日《おととい》の夜四ツ（午後十時）過ぎ、火事に気付いた玉泉堂の夫婦は表に飛び出して助けを求めた。

寝入りばなだったからだろう。近所の人たちがすぐに駆けつけ、火は広がる前に叩《たた》き消された。しかし、寝巻姿の主人を見て誰もが目をこすったという。

「大店の主人が擦り切れた古浴衣《ふるゆかた》に継ぎを当てて着ていたら、目を疑うに決まっているわ。それに気付いた御主人は慌てて着替えたそうだけれど、あっという間に玉泉堂さんの寝巻の話が広まったの」

一両以下のものは扱わない店の主人が裏長屋の住人よりもひどい寝巻を着ている
——今、四谷界隈《かいわい》はその噂で持ちきりだとか。

「奉公人が通いなのは朝晩食べさせるのがもったいないからだとか、夫婦の食事は一汁一菜のみだとか、いろいろ言われているようよ。今後の商売にも差し障りが出るかもしれないわ」

金持ちほど見栄っ張りで、外聞《がいぶん》を気にする者が多い。文字通り「ケチ」のついた玉泉堂から遠ざかるだろう。

訳知り顔の姑にお玉は不満を隠さなかった。

「玉泉堂さんはものの値打ちがわかる方です。大事な奉公人に食べ物を惜しむとは思えません。御新造さんの寝巻も擦り切れていたんですか」

「それはわからないけれど、御新造さんの寝巻だって擦り切れていても不思議はないわ。何しろ女中上がりの後添いだもの」

玉泉堂の妻は七年前に亡くなり、身の回りの世話をしていた女中を五年前に妻として娶《めと》ったとか。

「奉公人を妻にすると聞いたときは驚いたけれど、いっそ妻にしたほうが安上がりと思ったのかしら」

妻ならばどれほどこき使おうと給金を払わなくてすむ。玉泉堂がそう考えたなら、めったにいない守銭奴《しゅせんど》である。姑にそこまで言われても、お玉は考えを変えなかった。

「玉泉堂さんはそんなお人じゃありません」

「だったら、どうしてぼろの浴衣を着ていたの」

「それは……」

言い返すことができなくてお玉は悔しそうに唇を噛《か》む。二人のやり取りを見ていたおみつは何だか馬鹿馬鹿しくなった。

金持ちが擦り切れた寝巻を着ていただけで、どうしてこんなに騒ぐのだろう。ものの値打ちを知ればこそ、とことんものを大事にする。それのどこが悪いのか。

隠し女がいるよりも古浴衣を着ているほうがみっともないなんて、お金持ちの考えはわからないわ。心中文句を言ったとき、不意にお園が背筋を伸ばした。

「だから、私は思ったのよ。江戸に住んでいる限り、いつ火事に遭うかわからない。これからはいつ、誰に見られても恥ずかしくない寝巻で休まないといけないって」

「……あの、どうしてそうなるんですか」

迷わず言い切る御新造におみつはつい聞き返す。

常日頃高価なきものを身にまとい、すましているお園のことだ。どんなときでもみっともない姿をさらしたくないという気持ちはわかる。けれども、寝巻の心配より大事なことがあるだろう。

「火事に遭わなければ、寝巻姿で逃げることもありません。肝心なのは火の用心だと思います」

それでなくても絹や木綿は燃えやすい。ひとたび火が出ようものなら、大隅屋の身代はたちまち灰と化してしまう。

しかし、お園は小馬鹿にするような目でおみつを見て、「わかってないわね」と鼻を鳴らした。

「店から火を出さないように心掛けるのは言うまでもないわ。でも、もらい火ばかりは避けられないもの」

「もらい火で店が焼けるような大火事になれば、生きるか死ぬかの瀬戸際です。なおさら寝巻の良し悪しなんて誰も見ていやしませんよ」

燃え盛る火の中を命からがら逃げ出せば、着ているものは焼け焦げるか、煤《すす》だらけになるだろう。玉泉堂はぼやだったから寝巻がどうのと騒がれたが、大火の場合は裸で逃げても笑う者などいないはずだ。

理詰めの反論が癪《しゃく》だったのか、お園の目つきがきつくなる。すかさず、お玉がとりなし顔で口を挟んだ。

「あたしはおっかさんのおっしゃることも一理あると思います。でも、誰に見られても恥ずかしくない寝巻というのはどういうものでしょう」

「そう、そこなのよ。昼間と同じじゃ寝苦しいし」

「古い浴衣がみっともないなら、新しい浴衣を寝巻にしますか」

ある程度着古した浴衣のほうが身体《からだ》に柔らかく馴染《なじ》むものの、見栄えは新しいほうがいいに決まっている。まっとうな嫁の意見にお園は首を横に振った。

「それじゃ、ありきたりでつまらないわ。さすがは大隅屋と評判になるような寝巻はないかしら」

「店が燃えた後で寝巻が評判になっても仕方がないと思います」

その寝巻と同じものが欲しいと言われたところで、店も蔵も焼けていたらどうしようもない。呆《あき》れて水を差したとたん、お園に横目で睨《にら》まれる。

「商売の種はいつ、どこに転がっているかわからないのよ。おみつは今から余一さんのところに行って、どんな寝巻がいいか聞いておいで」

我が道を行く御新造をおみつは心から恨めしく思った。

二

雨の日の外出は気が重い。

まして、行き先が余一のところならなおさらだ。

金持ちの馬鹿げた見栄のために余一が知恵など貸すものか。行くだけ無駄だとわかっていても、行かない訳にはいかなかった。

先月、天乃屋の若旦那《わかだんな》を案内したときも気が重かったけれど……余一さんは本当にお糸ちゃんを諦《あきら》めるつもりかしら。

櫓《やぐら》長屋への道すがら、おみつはそのことばかり考えてしまう。

浅草の紙問屋、天乃屋の礼治郎はお玉の幼馴染みである。「余一さんのところに案内してくれ」と頼まれたら、こっちは断ることなどできない。渋々櫓長屋へ連れていけば、礼治郎はとんでもない始末を頼んだのだ。

――この振袖は母が結納のときに着たものだ。お糸さんが着られるように始末してもらいたい。

言葉を失うおみつの前で、礼治郎はお糸への思いが九年越しであること、また天乃屋では跡継ぎが己の意思で嫁を選ぶと訴えた。

――お糸さんがおまえさんを思っていることは承知している。だが、おまえさんはどうなんだい。お糸さんと一緒になって、しあわせにすることができるのか。

余一はその問いには答えず、振袖の始末を引き受けた。おみつは居ても立ってもいられなくなり、だるまやへ走ったのである。

――余一さんは、もちろん断ってくれたわよね。始末をしたってあたしが受け取らないことはわかっているはずだもの。

話を聞いた幼馴染みは泣きそうな顔でおみつに縋《すが》った。

お糸がどれだけ余一ひとりを思ってきたか、他の誰より知っている。それでも嘘《うそ》はつけなくて、小声で「引き受けた」と告げたとたん、お糸は店から飛び出した。きっと、余一と礼治郎を問い詰めに行ったのだろう。そこでどんなやり取りがあったのか、おみつは知らない。

器量よしの看板娘に言い寄る男は大勢いたが、お糸は誰も相手にしなかった。「余一さんと一緒になれないなら、一生嫁には行かない」が口癖だったし、今度も断るだろうと思っていたら、

――おとっつぁんも腰がつらそうだし……あたしとは絶対一緒にならないって余一さんに言われたから。

十日前、どうするのかと尋ねるおみつに、お糸は最後まで目を合わせようとしなかった。礼治郎に「しばらく考えさせて欲しい」と伝えたところ、「迷っているなら、振袖は持っていてくれ」と言われたそうだ。

だるまやの常連はお糸が天乃屋に嫁ぐと思い込んでいる。店に「天乃屋の若旦那と一緒になるのっ」と大声を上げて駆け込んだ手前、おみつは気まずい思いで一杯だっ

た。

――やっぱり、持つべき者は器量よしの娘だよな。清八《せいはち》さんはこの先一生左団扇《うちわ》で暮らせるぜ。

――おくにさんを亡くしてから、男手ひとつで育てた甲斐《かい》があるってもんだ。

――何よりの親孝行だよな。

余一がだるまやに顔を出さなくなってからずいぶん経《た》つ上、玉の輿《こし》を断る娘はまずいない。声高に騒ぐ面々に悪気はかけらもないのだろう。お糸も特に言い返さず、あいまいな笑みを浮かべていた。

でも、本当にそれでいいの。

お糸ちゃんは余一さんが好きなんでしょう？

余一さんと一緒になれないなら、一生お嫁に行かないって言ったじゃない。

親孝行したい一心で好きでもない人と一緒になって、しあわせになれると思っているの。

本当は母親が言う台詞《せりふ》だが、お糸の母はこの世にいない。代わって幼馴染みの自分がお糸に言ってやるべきだろう。

ところが、胸に潜むもうひとりの自分がおみつの舌を凍らせた。

他人がとやかく言うことじゃない。お糸ちゃんだって十分に考えて決めたことよ。どんなに余一さんを思ったところで、むこうにその気がないんだもの。大店の跡継ぎに望まれて断るなんてもったいない。これほどの運を逃したら、後悔するに決まってるわ。

お糸は礼治郎と一緒になったほうがいい。店の客も父の清八もそれを望んでいるのだから——そう訴える心の声は日増しに大きくなっていき、おみつは蓋《ふた》をしたはずの醜い本音を思い知る。

幼馴染みを妬《ねた》んだところで自分がつらくなるだけだ。互いに母を早くに亡くし、支え合って生きてきた。だからこそ去年の暮れに、余一のことは諦めて一生お玉に仕えようと覚悟を決めたはずだった。

お園から預かった反物《たんもの》をお糸に渡したのだって、幼馴染みの恋を後押しできればと思ってしたことである。

あたしはお糸ちゃんのしあわせを望んでいたはずなのに……ぐずぐず考えている間にも足は交互に前に出て、おみつは櫓長屋に到着した。

この長屋は二階建てで並みの長屋よりはるかに広い。にもかかわらず、いつ来ても静かで人のいる気配がほとんどしない。

前に学者らしき人を見かけたことはあるけれど、他にどんな人がいるのかしら。余一さんはともかく、こんなに広い長屋なら大勢で暮らしているはずよ。おかみさんや子供の姿を一度も見ないなんておかしいわよね。

つい余計なことを考えるのは声がかけづらいからだ。

しかし、いつまでも雨の中で立ちすくんではいられない。おみつは大きく息を吸い、雨音に負けない声を出す。

「余一さん、おみつです」

待つほどのこともなく、のっそりと余一が出てくる。

「今日はいってぇ何の用だ」

ろくな用じゃねぇんだろうと男らしい顔に書いてある。おみつは困って目をそらした。

「あの……御新造さんに頼まれて」

「断る」

ある程度予想はしていたものの、まるで取りつく島がない。だが、ここで怯《ひる》んでは余一と付き合うことなどできない。腰高障子を閉められかけて、おみつは傘を持たないほうの手で慌てて押さえる。

「お願いだから、話だけでも聞いてちょうだい」

「聞いたら最後、嫌でも巻き込まれるじゃねぇか。それに、おれはおめぇんとこの御新造が苦手なんだよ」

「余一さんの気持ちはよくわかるし、いつも本当にすまないと思ってるわ。でも、あたしの立場も察してよ」

「おめぇのすまないは口ばっかりだ。こうたびたびじゃ付き合い切れねぇ」

ぼやく相手の顔色は今までになく冴えなかった。雨で薄暗いせいかと思ったけれど、それだけではないようだ。

ひょっとして身体の具合が悪いのかしら。今は季節の変わり目だし、余一さんは自分のことだとまるで無頓着《むとんちゃく》だから。おみつはにわかに不安になり、中に入れてもらうための切り札を出す。

「あたしを追い返したら、今度は御新造さんが乗り込んでくるわよ。余一さんはそれでもいいの」

その効き目たるやすさまじく、余一は盛大に顔をしかめて腰高障子から手を放した。急いで傘を閉じたおみつは上《あが》り框《がまち》に腰を下ろし、背の高い相手をじっと見上げる。

疲れのにじむ表情にどうしようもなく胸が騒ぐ。奥の襖《ふすま》は今日もしっかり閉められていて、中の様子はうかがえなかった。

「顔色が悪いけれど、無理をして身体を壊したら元も子もないのよ。もっと自分を労《いた》わってちょうだい」

この長屋の店賃だって決して安くはないはずだ。金持ち嫌いの余一は安い仕事が多いから、余計に数をこなさなければならないのだろう。

御新造さんの仕事を受ければ、無理をしなくてすんだのに。余一さんの意地っ張りにも困ったものだわ。

心の中で呟《つぶや》くと、余一に鼻を鳴らされた。

「身体を案じるくれぇなら、厄介事を持ち込むな」

男前の顔をしかめて余一が目の前に手ぬぐいを突き出す。おみつは返す言葉もなく、ありがたく手ぬぐいを受け取ってきものを拭いた。

「それで今日は何の用だ」

ため息まじりに尋ねられ、頭にお糸の顔が浮かぶ。

本当にお糸ちゃんが天乃屋の若旦那と一緒になっても構わないの。

そのあと、余一さんはどうするつもり。

一生ひとりで生きていくの。

それとも……。

尋ねたいことは山ほどあるが、言葉にできるはずもない。仕方なくここに来た用件を伝えたところ、

「きものの次は寝巻か。御新造さんも懲りねぇな」

余一は呆れたように言い、長屋の天井に目を向ける。おみつは「そう言われると思ったわ」とよりいっそう小さくなった。

「おれの返事がわかっていたなら、どうして押しかけてきやがった」

「あたしは奉公人だもの。それに、商売の種はどこに転がっているかわからないとおっしゃるから」

「馬鹿馬鹿しい。呉服太物問屋の御新造だからこそ、とことんきものを大事にするのが筋じゃねぇか。擦り切れた古浴衣を寝巻にして何が悪い」

予想通りの返答におみつは借りた手ぬぐいを握り締めた。

「おれに言わせりゃ、寝巻なんざ洗いざらしの古浴衣に勝るものはねぇ。汗を吸い取ってくれるし、気兼ねなく洗える。赤ん坊の襁褓《むつき》や雑巾だって古浴衣で作るだろう」

「……そりゃそうだけど」

「これからますます暑くなる。古浴衣を着るのが嫌なら、寝巻なんざ着ねぇで素っ裸で寝ればいい。そうおめぇんとこの御新造さんに言っておけ」

「御新造さんが裸で寝るはずないじゃない。それこそ、火事になっても逃げられないもの」

「だから、いいんじゃねぇか。何よりの火の用心になるだろう」

言いたいことはわかるけれど、お園にそんなことは言えない。おみつが頰《ほお》をふくらますと、余一は呆れ顔で付け足した。

「この時期、貧乏人は褌《ふんどし》に腹掛け、女房は肌着に腰巻姿で休む。寝ているときや火事のときまで見てくれを気にしてどうすんだ」

「頭ごなしに決めつけないで、ちょっとは考えてちょうだいよ。たとえば、高貴なお方はどんな寝巻を着ているの」

「あいにく、身分の高い連中とは付き合いがねぇ。金持ちのことはおれよりも御新造さんのほうが詳しいはずだぜ」

間髪を容《い》れずに答えてから余一はふと眉を寄せる。そして、「なるほど」とうなずき、腕を組んだ。

「こいつぁ、新手の嫌がらせか」

「余一さん、急にどうしたの」

言われたことの意味がわからず、おみつは目を白黒させる。余一はため息をついてから、ちらりとおみつのほうを見た。

「御新造さんはおれとおめぇを困らせたくて、寝巻がどうのと言い出したのさ」

「え、どうして」

「おれとおめぇのせいで自慢のきものを手放すことになったからな。意趣返しのつもりじゃねぇか」

「でも、そのおかげで悪い噂は立ち消えて、店にお客が詰めかけたのよ。お嬢さんも元気になったし、旦那様も若旦那も喜んでいたわ。御新造さんだって旦那様を見直して、万事丸く収まったじゃない」

そもそもあんな瓦版が撒かれたのは、お園の遊び好きと着道楽のせいでもある。二月も経った今になって、どうして仕返しをされるのか。納得がいかないと訴えれば、余一が小さく肩をすくめる。

「頭で納得していても、心は許せないんだろう」

御新造は変わり者だが、きものについては玄人《くろうと》だ。おみつにだってわかることが本気でわからないはずがない——言われてみればもっともで、頭の先まで血が昇った。

余一の見込み通りなら逆恨みにもほどがある。

しかし、怒るおみつとは裏腹に余一はなぜか落ち着いている。「腹が立たないの」と尋ねれば、相手はめずらしく苦笑した。

「若い頃から集めたきものを強引に取り上げちまったんだ。おれたちを恨みたくもなるだろう」

型で染める反物――小紋や中形《ちゅうがた》は同じ柄がいくつもできる。それでも、生地や色の出方にわずかな差はあり、まったく同じとは言い難い。

ましてお園のきものは自らの目で選んだ逸品ばかりだ。それこそこの世に二つと同じものはないはずで、今になって「手放さなければよかった」と後悔していてもおかしくないと余一は言った。

「作り手はいいものほど袖を通して欲しいと思うが、買い手はいいものだからもったいないと思うのかもしれねぇな」

いいきものを手に入れる。

頻繁に着たら傷《いた》むので、別のきものを誂える。

ところが、それもとびきりでそのままとっておきたくなる。

そこで、また別のきものを誂えるものの、それもまた見事な逸品で……。

いない。傍目にはけろりとしていても、心では泣いていたのだろうか。

お園のきものの山がそうやって築かれたなら、まとめて手放すのはつらかったに違
――頭で納得していても、心は許せないんだろう。

あたしがお糸ちゃんのしあわせを願いながらひそかに妬んでしまうように、御新造さんも騒ぎが治まってよかったと思いつつ、手放してしまったきものの山を諦め切れずにいるのかしら。

生まれも育ちも考え方もまるで違う御新造を初めて身近に感じ、おみつは心の中でお園に詫《わ》びた。

「いずれにしても終わったことだ。これからは御新造さんに何と言われようと、ここには近づかねぇでくれ」

「そ、それは困るわ」

我に返って首を振れば、余一が片眉を撥《は》ね上げる。

「おれにはおれの仕事がある。いつまでも御新造さんの気まぐれに振り回されちゃいられねぇ」

「じゃあ、あたしが好きで来るのはいいんでしょう」

ますます怪訝《けげん》な顔をされ、おみつは居心地が悪くなる。だが、なけなしの勇気を奮

って言葉を続けた。

「あたしは余一さんしか相談できる人がいないから……近づくななんて言わないでちょうだい」

「相談なら、おれよりお嬢さんにしろ」

「あたしは奉公人だもの。いつも当てにはできないわ」

「だったら、お糸ちゃんにすりゃあいい」

「えっ」

「気心の知れた幼馴染みだ。おれよりはるかに信用できる」

わざわざ言われるまでもなく昔はお糸に相談していた。けれど、目の前の男のせいで相談しづらくなったのだ。

「それは、でも……」

あたしは余一さんに会いたいのに、余一さんはあたしの顔なんか見たくないのね。

そう思ったら、口が勝手に動いていた。

「お糸ちゃんは天乃屋さんにお嫁に行くんでしょう。玉の輿に乗られたら、気軽に相談なんかできないわ」

嫁ぐと決まった訳でもないのに思わせぶりな口を利く。意地っ張りな職人は表情こそ変えなかったが、確かに一瞬息を止めた。

「そういえば、お糸ちゃんは天乃屋の若旦那にもらった振袖をあたしに見せてくれないのよ。余一さんはどんな始末をしてあげたの」

「……おれの考えは言った通りだ。二度と厄介事を持ち込むなと大隅屋の御新造さんに言ってくれ」

お糸の嫁入りには一切触れず、余一はそれだけを口にした。こわばっているせいでより作り物じみて見える顔が「早く帰れ」と告げている。おみつは黙って目をそらし、借りた手ぬぐいをそっと置いた。

三

櫓長屋からの帰り道は、行きと同じくらい気が重かった。

暮れ六ツ（午後六時）前に店に戻ると、待ち構えていたお園とお玉に捕まった。

「おみつ、余一さんは何ですって」

「……寝巻には古浴衣が一番だと言われました」

ひとまずそう切り出したところ、お園が年甲斐もなく下唇を突き出す。

「私は誰に見られても恥ずかしくない寝巻について聞いてくるように言ったのよ。古浴衣なんて話にならないわ」

「ですが、余一さんはそう言ったんです」

むきになって言い返せば、お園はおみつの顔を穴が開くほどじっと見つめ――狐《きつね》のように目を細めた。

「余一さんは他にも何か言ったんでしょ。洗いざらい白状なさい」

ためらいつつも言われたことを伝えれば、お園が悔しそうな顔になる。

「すべてお見通しだなんて、本当にからかい甲斐のない人ね」

「それじゃ、やっぱり御新造さんはあたしと余一さんに嫌がらせを」

「人聞きの悪いことを言わないで。評判になるような寝巻があるなら、もっけの幸いと思っていたわ」

平然と言い返されて、おみつの身体から力が抜けた。

「御新造さん、あんまりです」

「だって、何を着るか迷えなくてつまらないんだもの。その分、おみつには私の相手をしてもらわないと」

お園は勝手なことを言い、「それにしても」と頰に手をやる。

「余一さんって色恋には疎そうなのに、どうして女の気持ちがわかるのかしら」

おみつは不思議がる御新造に心の中で返事をする。

余一さんはきもののことがわかるだけで、女の気持ちなんかこれっぽっちもわかっていません。本当に女の気持ちがわかるなら、天乃屋の若旦那に頼まれて振袖の始末をしたり、「お糸ちゃんに相談しろ」とあたしに言うはずないですから。

そして、これだけは言っておかなくてはと下っ腹に力を込める。

「二度と厄介事を持ち込むなって余一さんから伝言です。御新造さんの暇つぶしにあたしたちを巻き込むのはやめてください」

「じゃあ、厄介事でなければいいのね」

「御新造さんっ」

「だって、私の頼みは聞いてくれなかったのに、おみつの頼みは聞くなんて面白くないじゃないの」

どうやら、お園は余一に仕事を断られたことも根に持っているようだ。わがままな相手にうんざりしたとき、黙っていたお玉がおずおずと口を開く。

「あの、おっかさん。あたしが縫った浴衣を寝巻にしたら、やっぱりみっともないでしょうか」

「お玉、どういうこと」

「あたしは裁縫《おはり》が苦手ですけど、この手で縫った浴衣を綾太郎さんの寝巻にしてもらえないかと思って」

突然の嫁の申し出に姑は目を瞠《みは》り、おみつは息を呑《の》んだ。

綾太郎は母親ほどの着道楽ではないものの、大隅屋の跡取りにふさわしい高価なきものを身に着けている。無論、仕立ても生地にふさわしいとびきりの職人が行っていて、きものを見る目は誰より厳しい。

大店の娘として習い事はたしなんでいるお玉だが、あいにく針を持ったのは綾太郎に贈る座布団を縫ったときくらいである。お園もその辺りの事情は承知のようで、いつになく困った顔をした。

「ええと、お玉は浴衣を縫ったことがあるのかしら」

「いいえ」

「うちの綾太郎は知っての通りきものにだけはうるさいから、その……」

「お嬢さん、まずはご自分の浴衣を縫ってみませんか。若旦那の浴衣はそれからでもいいと思います」

二人がかりで思いとどまらせようとしたところ、お玉が口の端を下げる。

「あたしは自分のものを縫いたい訳じゃないわ。綾太郎さんが着るものをこの手で縫いたいだけなの」

「お嬢さん」

「綾太郎さんは目が肥えているし、呉服太物問屋の跡継ぎだもの。あたしが縫ったものなんて人前で着られないでしょう。でも、玉泉堂さんの話を聞いて、寝巻だったら大丈夫かと思ったのよ」

それこそ火事でもない限り、寝巻姿をじかに見るのは身内か奉公人に限られる。おまけに着るのは夜だから、多少難ありでも目立たない。

「綾太郎さんの寝巻をたくさん縫って、いつか子供のきものを縫いたいわ。おみつ、お願いだから浴衣の縫い方を教えてちょうだい」

そう言ってはにかむお玉は、女のおみつから見ても非の打ちどころのないかわいらしさだ。こんなふうに手縫いの浴衣を差し出されたら、左右の袖の長さが違っていようと、縫い目がどれほどよろけていようと、男は喜んで受け取るだろう。

——あたしは綾太郎さんが好きで一緒になる訳じゃない。子供ができたって、きっとかわいがってやれないわ。

嫁入り前はそんなことさえ言っていたのに、変われば変わるものである。桐屋の主人の人を見る目は確かだったということか。

おみつは人並みに裁縫ができるものの、誰かのきものを進んで縫いたいと思ったことはない。裁縫の腕が上達したのは、幼いときから自分のきものを自分で縫っていたからだ。

この先、あたしは誰かのためにきものを縫いたいと思えるかしら。その人はあたしが縫ったきものを喜んで着てくれるかしら。

ぼんやり思いを巡らせたとき、なぜかお園まで頬を染めていることに気が付いた。

「御新造さん、どうなさったんですか」

「お玉、私も浴衣を縫うわ。おみつ、私にも教えなさい」

いじらしい嫁の姿を見て姑もその気になったらしい。だが、お玉だけでも厄介なのに、お園もなんて手に余る。

「ただの浴衣を寝巻にするんじゃ、ありきたりでつまらないっておっしゃったじゃないですか」

「それは昔のことでしょう。余一さんの話を聞いて、私の考えも変わったの」

あっさり開き直られて、こっちのほうが言葉に詰まる。

こういうのを「面の皮が厚い」って言うんだわ。それとも「蛙《かえる》の面に水」かしら。

おみつが腹の中でこぼしていたら、お園はすました顔で言う。

「ひとりに教えるのも二人に教えるのも同じでしょ」

「そういうことじゃなくてですね。あたしに教えろってことは、御新造さんも浴衣を縫ったことがないんですか」

「ええ」

裁縫は女のたしなみのひとつで、お園は呉服太物問屋の跡取り娘だ。まして子供を産んでいるのなら、人並みにできてもおかしくない。恥ずかしげもなくうなずかれ、おみつは右手でこめかみを押さえる。

「でしたら、今までに縫ったのは」

「綾太郎の襁褓くらいかしら」

つまり、お園もお玉といい勝負ということだ。その気になりやすい御新造におみつは言わずにいられなかった。

「お嬢さんが若旦那の浴衣を縫うからって、御新造さんまで付き合わなくても」

「いいえ、お玉ひとりにいい恰好《かっこう》をさせられないわ」

お玉の腕でいい恰好ができるか怪しいが、だからこそ張り合う気になったのだろう。どうしたら考え直してくれるかと思っていたら、お園が小声で言い添えた。

「いい年をしてと、私だって思うけど」

「御新造さん」

「おかしなものね。一緒になって二十年以上経ってから、夫のために浴衣を縫いたくなるなんて思わなかったわ」

照れくさそうに笑う相手におみつは何も言えなくなる。

――だって、浴衣は肌の上から着るものだから……好きな人には、他の人が縫ったものなんて着て欲しくないじゃない。

ふと、去年聞いたお糸の言葉を思い出した。

「どうせなら縁起のいい柄にしなさいな。鯉《こい》の滝登《たきのぼ》りなんてどうかしら」

「蜻蛉《とんぼ》のほうが綾太郎さんには似合いそうな気がします」

「少し子供っぽいと思うけど」

「でも、蜻蛉だって縁起のいい柄ですし」

「火事除《よ》け祈願と縁起のよさで、旦那様は龍にするつもりよ」

「ちょっと柄が強すぎる気が……水に縁ということなら、この魚尽くしはいかがですか」

翌二十三日は雨も上がり、嫁と姑は朝から浴衣の生地選びに余念がない。蔵から持ってこさせた中形の生地をずらりと並べ、うれしそうにはしゃいでいる。

浴衣によく使う中形は藍《あい》の両面染めのため、白と紺が引き立て合ってひときわ目に鮮やかだ。遠目には無地に見える小紋と違って一幅の絵を思わせる。座敷の隅で見守るおみつはため息をつきかけては呑み込むことを繰り返した。

手慣れた人の手にかかれば、浴衣は一日で縫い上がる。だが、今回は雑巾もろくに縫ったことのないお園とお玉のすることだ。果たしてちゃんと縫い上がるのか、おみつは不安で仕方がない。

とりあえず生地を裁《た》つのはあたしが全部したほうがいいわ。縫うのはやり直せるけれど、一度裁ってしまったものは取り返しがつかないもの。

眉間《みけん》にしわを寄せて今後の段取りを考えていたら、お園が不意にこっちを向いた。

「おみつ、何をぼんやりしているの。おまえも早く選びなさい」

「旦那様や若旦那がお召しになるものですから、御新造さんやお嬢さんがお好きにお選びになってください」

「もちろん、あたしたちが縫うものはあたしたちで選ぶわ。おみつはおみつで自分が縫うものを選びなさいと言っているの」

「あの、どういうことでしょう」

言われた意味が呑み込めず、おみつはまばたきを繰り返す。自分は二人に縫い方を教えるだけではなかったのか。

「口であれこれ言われるより、お手本があったほうがわかりやすいわ。おみつもあたしたちと一緒に余一さんの浴衣を縫いなさい」

笑みを浮かべたお園に言われ、おみつは心の臓が止まりかけた。

どうしてここで余一の名前が御新造の口から出てくるのか。聞き返すこともできずにいたら、お園が「あら」と首をかしげる。

「ひょっとして、ばれていないとでも思っていたの」

「……な、何が、でしょう」

かろうじて声を絞り出せば、お園が楽しげに目を細める。

「おみつが余一さんに惚《ほ》れていることくらい、とっくに知っていましたよ。余一さんだってまんざらでもなさそうだし」

「そ、そんなことはありませんっ」

お糸の幼馴染みで親と縁が薄いから、余一は構ってくれるだけだ。そんな事情を知らないお園は自信たっぷりに断言する。

「大事に思っていなかったら、『おみつの頼みがおれの頼みだ』なんて口が裂けても言わないはずよ」

「あら、余一さんはそんなことを言ったんですか」

怪しげな瓦版が出回ったとき、お玉は部屋で寝込んでいた。長いまつげをしばたたく嫁にお園は意味ありげに目配せする。

「そうよ。綾太郎が世話になったから『力になれることがあれば店に来て』って、余一さんに言ってあったの。まさかそれを楯《たて》にして、『自慢のきものを手放してくれ』と頼まれるとは思わなかったわ」

「まあ」

目を輝かせるお玉を見て、おみつの頬が熱くなる。そんなふうに言われると余一に惚れられているみたいだ。

「あれは御新造さんを説得するために仕方なく」

「おみつが旦那様に責められたときだって、余一さんがかばってくれたじゃないの。まさか忘れたとは言わせないわよ」

「そんなことがあったなんてちっとも知らなかったわ。おみつ、どうして教えてくれなかったの」

「教えるも何も」

「何よ。おみつは水臭いわね」

二人がかりでからかわれ、おみつは困って下を向く。お園とお玉はお糸のことを知らないから、都合のいい勘違いができるのだ。

でも……お糸ちゃんが天乃屋に嫁ぐなら……少しは望みがあるかしら。そんな思いがよぎったとき、お玉がおみつのほうに膝《ひざ》を進めた。

「おみつには一生そばにいてと言ったけれど……二人が思い合っているのなら、一緒になっても構わないのよ」

「お、お嬢さん、急に何を言い出すんです」

うろたえるおみつとは反対に、お玉はいつになく真剣な表情を浮かべていた。

「余一さんならあたしたちの仲をよく知っているもの。所帯を持っても奉公を続けさせてくれるでしょう。白壁町から通町まで毎日通ってくれればいいわ」

「お玉、よく言ってくれました。私もそれがいいと思っていたの」

「御新造さんまで、どうして」

「余一さんがおみつの亭主になれば、私や綾太郎の仕事を断れなくなるでしょう。こんなに都合のいいことはないわ」

計算高いお園の本音におみつはようやく頭が冷える。このまま二人の勢いに流されてしまう訳にはいかない。

「お二人とも馬鹿なことをおっしゃらないでください。あたしは一生お嬢さんのおそばにいると心に決めて嫁入りについてきたんですっ」

余一のことは諦めると、とっくに覚悟を決めたのだ。悲鳴じみた声を上げれば、お玉の顔が不意に曇る。

「おみつはあたしのために自分のしあわせを棒に振るの？」

「お嬢さん、あたしは」

「おみつにとってあたしが一番大事ってことはわかっている。でも、大事な人と好きな人は別でしょう。あたしはおみつに好きな人と結ばれて欲しいのよ」

「お嬢さん」

思い詰めた表情におみつの心が大きく揺れる。

お嬢さんのそばにいられれば、他に望むものはないと思っていた。けれど、当のお玉がそう言うなら、諦めなくてもいいのだろうか。

うまく呼吸《いき》ができずにいたら、お玉がおみつの手を取った。

「余一さんに思いを伝えるために、一緒に浴衣を縫いましょう。おみつの気持ちはきっと届くわ」

「生地の代金は給金から差し引くから、遠慮しなくても大丈夫よ。この際、うんと高いのになさい」

からかう言葉とは裏腹にお園の目は温かかった。二人の気持ちが身に沁みて、おみつは声が出なくなる。

お糸のほうが先に知り合い、余一を好きになったのだ。大事な幼馴染みを裏切ってはいけない、この思いは許されないと自分を責めてばかりいた。

でも、お糸が天乃屋に嫁ぎ、御新造さんとお嬢さんが余一と一緒になることを望んでくれるなら……おみつはさんざんためらった末、中形の生地に手を伸ばした。

四

三人で迷いに迷った末、お園は昇龍、お玉は蜻蛉、おみつは竹垣に蛍の柄の浴衣を縫うことになった。

「竹垣に蛍なんていかにもよねぇ」

竹縞《たけじま》を思わせる竹垣に蛍が舞う中形は特に変わったものではない。にもかかわらず、お園は何度も手を止めて、にやにやしながらこっちを見る。

さすがに腹に据えかねて、おみつはじろりとお園を睨んだ。

「御新造さん、口より手を動かさないと浴衣は縫い上がりませんよ」

「そういうおみつは一日も早く縫い上げて、余一さんに思いを伝えなくちゃね。恋しと鳴く蟬《せみ》よりも鳴かぬ蛍が身を焦がすって」

「あ、あたしは別にそんなつもりじゃ」

龍のようなくどい柄より、さっぱりした柄が余一に似合うと思っただけだ。一方、お園はうろたえるおみつをやけに楽しそうに眺めている。

「今さら隠さなくてもいいじゃない。ねえ、お玉」

「おっかさん、すみません。話しかけないでくださいな」

生真面目なお玉は黙って針を動かしている。が、運針が下手なので、どうしても縫い目が揃《そろ》わない。

座布団を縫っていたときは、おみつに文句を言われるまで縫い直そうとはしなかった。ところが、今は言われる前から進んで解いて縫い直す。綾太郎に寄せる思いがいよいよ深まっているのを感じながら、おみつは遠慮がちに話しかけた。

「お嬢さん、浴衣は多少縫い目が大きくても平気ですから。もっと背筋を伸ばして手元を顔から遠ざけてください」

「でも、そうすると縫い目が曲がって」

「お玉、ちょっとくらい曲がったって大丈夫よ」

「ですが、綾太郎さんは目が肥えていますから」

「旦那様だって目が肥えているけれど、私は気にしないわ。最初から上手な人なんていないし、どうせ寝巻にするんだもの」

あっけらかんと語るお園におみつは慌てて注意する。

「御新造さんは少し気になすったほうがいいと思います。しつけじゃないんですから、もっと細かく縫ってください。それじゃ袖が取れますよ」

「おみつはいちいちうるさいわね。取れたら、また縫えばいいでしょう」

女三人がかしましく針を動かしていると、ときどき綾太郎や孫兵衛が様子を見にやってくる。どんな浴衣ができ上がるのか気になって仕方がないらしい。

すったもんだの騒ぎの末、浴衣が仕上がったのは六月三日の朝だった。

「おみつ、ありがとう。おかげでちゃんと縫い上がったわ」

「お玉も私も初めてにしては上出来よね」

お玉はおみつに礼を言い、お園は立ち上がって自分の縫った浴衣を得意げに広げる。

おみつは終わってよかったと安堵《あんど》の息を吐き出した。

「御新造さん、せっかく火熨斗《ひのし》を当てたのにそうやって何度も広げていると、余計なしわが寄りますよ」

「まったく、おみつは憎まれ口しか叩かないんだから。そんなことを言うと、余一さんのところに行かせないわよ」

「あ、あたしは別に」

「せっかく縫い上がったんですもの。一刻も早く届けたいわよねぇ」

わざとらしい含み笑いにおみつの顔が熱くなる。見かねてお玉が口を挟んだ。

「おっかさん、あまりからかわないでくださいな」

「あら、私は二人の仲を後押ししているのよ」

口の減らない姑にお玉は苦笑し、それからおみつのほうを見た。

「善は急げというでしょう。今から余一さんに浴衣を届けていらっしゃい」

お玉はそう言ってくれたけれど、おみつは首を左右に振った。

二人に付き合って浴衣を縫っている間、女中の仕事は周りに任せきりだった。これ以上、他の奉公人に迷惑はかけられない。

「浴衣は悪くなるものじゃありません。今日はいいお天気ですし、洗濯や掃除を手伝わないと」

「いい天気だから、届けてきなさいと言っているのよ」

「お嬢さん、でも」

「おみつは強気なことを言う割に臆病《おくびょう》だもの。もたもたしていると、余一さんに浴衣を渡せないわよ」

お嬢さんは誰よりもあたしのことを知っている。気まずく目をそらしたら、今度はお園に背を押された。

「今日は雨が降っていないから、渡り廊下を拭かなくたって大丈夫よ。さっさと行っていらっしゃい」

「……はい」

自分を見ていてくれたのはお玉だけではなかったようだ。おみつはようやく覚悟を決め、浴衣を風呂敷《ふろしき》に包んで白壁町へと歩き出した。

三日ぶりに晴れ上がった空は澄み、大きな雲が浮かんでいる。だが、足元はまだぬかるんでいて、油断をすると下駄《げた》が滑る。おみつは慎重に足を運びながら、何と言って浴衣を渡すかを考えていた。

余一さんのことだから、黙って差し出したって受け取ってくれないわ。今までさんざん世話になったお礼って言えばいいかしら。でも、「礼ならもうもらった」と言われるかも。そしたら、何て言えばいいの。

頭の中で不安だけがどんどん大きくなっていく。これではいけないとゆっくり息を吸ったとき、ふとお糸のことが頭をよぎった。

金通《きんとお》し縞の袷《あわせ》を届けたとき、お糸ちゃんもこんな思いをしたのかしら。ううん、お糸ちゃんは余一さんの特別だもの。こんなことで悩んだりしないわよね。

そして、もう少しで白壁町というところで、おみつは男の声に呼び止められた。

「あれ、おめぇは八百久《やおきゅう》の娘じゃねぇか」

顔を上げれば、役者のような若い色男が立っている。前に見た気もするけれど、どこで会ったか思い出せない。

あたしが八百久の娘と知っているなら、おとっつぁんの知り合いかしら。でも、それにしては若いような……とまどうおみつに相手は笑った。

「この顔を忘れちまったのかい。余一の知り合いの千吉だって。ほら、お千《せん》さんって呼んでくれって言っただろう」

頰に片手を当ててしなを作り、男はおみつに流し目を送る。婀娜《あだ》めいた目つきを見た瞬間、胸に大きなしこりを残した去年の出来事を思い出した。

──そうかい、俺は千吉ってんだ。ただし、女の恰好をしているときは『お千さん』って呼んでくんな。

去年の夏、おみつは櫓長屋で御高祖頭巾《おこそずきん》の美女に会った。その正体は男の色事師で、継母《ままはは》の浮気相手だったのだ。

──言っとくけど、悪いのはおまえのおとっつぁんのほうなんだよ。女房にはきもの一枚買ってくれないくせに、他所《よそ》の女に貢がれたんじゃあたしの立場がないじゃないか。

継母の言いなりだった父が別の女に心を移し、自分をいじめた継母は若い男と浮気をしている──その事実を知ったとき、おみつは継母ばかりでなく、実の父にも愛想を尽かした。

「あたしに何の用ですか」

相手を睨んで身構えると、千吉が片眉を撥ね上げる。

「まるで毛を逆立てた猫みてぇだな。ま、義理とはいえ母親に手を出したんだ。嫌われても仕方がねぇか」

「……あんな人、もう義理の母とも思っていません」

浮気相手に貢ぐために、あの女はおみつから十両も騙《だま》し取ろうとした。そのことがきっかけで腐れ縁は断ち切れたが、事の起こりは千吉が継母を誑《たぶら》かしたせいである。

女を食い物にするなんて男の風上にも置けないわ。おとっつぁんといい、この人といい、あの女は男を見る目がなさ過ぎよ。

おみつは鼻息荒く尋ねた。

「あなたはまだ女を騙しているんですか」

「よくぞ聞いてくださった。今じゃ立派に足を洗って、古着屋の見習いをしているのさ」

「それはよかったです。では」

本当かどうか怪しいけれど、自分には関《かか》わりのないことだ。おみつがそそくさと歩き出そうとしたら、千吉が底意地の悪い笑みを浮かべた。

「そんなに急がなくてもいいだろう。余一なら出かけているぜ」

思いがけなく図星をさされ、浮かせた下駄をそのまま下ろす。驚いた顔が面白いのか、千吉の笑みがよりからかうようなものに変わる。

「別にびっくりするこたぁねぇ。檜長屋はすぐそこだし、浮かれたおめぇの顔を見て、わからねぇほうがどうかしてらぁ」

「あたしは浮かれてなんかいません」

「そう思ってんのは本人ばかりだ。俺が声をかけたのは、見たことのある娘がそわそわにやにやしていたからだぜ」

そう言うそっちのほうがよほどにやにやしているくせに。おみつは眉をつり上げたが、千吉の表情は変わらなかった。

「まあ、浮かれるのも無理ねぇか。だるまやの娘が玉の輿に乗りゃ、おめぇにも望みはあるもんな」

「やめて。変なことは言わないで」

「別に変じゃねぇだろう。おめぇが余一に惚れていることくらい、初めて会ったときからお見通しよ」

お玉やお園はともかく初対面の相手にまで見透かされていたなんて。だったら、お糸や余一にもとっくに気付かれているのだろうか。恐れのあまりよろめくと、意外にも千吉が支えてくれた。

「おい、大丈夫かよ」

「あ、ありがとう……あの」

「何だよ」

「……余一さんは……あたしの気持ちを……」

何度も唾《つば》を呑み込んで震える声を絞り出す。察しのいい色事師は「ははぁん」と片頬で笑った。

「やつはとんだ野暮天だからな。まず、気付いちゃいねぇだろう」

「そ、そうですよね」

大丈夫、余一にはまだ知られていない。ほっと息を吐き出せば、千吉は呆れたような顔をした。

「惚れた相手に気付かれたくねぇなんて……今どき箱入り娘でもいやしねぇぜ。だるまやの娘なんてとっとと乗り換えたってのに」

さもわかったふうな口ぶりがおみつの心を逆なでする。女を食い物にする男にお糸のつらさがわかるものか。

「お糸ちゃんを悪く言うと、あたしが承知しないわよ」

怒りに任せて怒鳴ったら、「往来で大声を出すんじゃねぇ」と人気のない路地に引っ張り込まれた。

「何だ、おめぇはだるまやの娘とも知り合いか」

「そうよ。あたしとお糸ちゃんは幼馴染みなんだから」

「なるほどね。器量よしの幼馴染みが玉の輿に乗って、おめぇのほうも棚からぼた餅《もち》って訳だ」

嘲《あざけ》るような口ぶりがおみつの怒りをさらにあおる。しわが寄るのも構わずに風呂敷包みを振り回した。

「人聞きの悪いことを言わないでっ。あたしはそんなこと思ってないわ」

「だったら、その風呂敷包みは何だ。余一に届けるもんじゃねぇのかい」

「…………」

「ほれ見ろ。図星じゃねぇか。俺はきれいごとを言うやつは大嫌いだが、なりふり構わねぇ女は嫌いじゃねぇぜ。せいぜい余一に付け込んでやんな」

千吉は捨て台詞を残して去っていく。おみつも歩き出そうとしたものの、なぜか足元がおぼつかない。抱え直した風呂敷包みが急に重たく感じられた。

——だって、浴衣は肌の上から着るものだから……好きな人には、他の人が縫ったものなんて着て欲しくないじゃない。

あたしが余一さんの浴衣を縫ったと知ったら、お糸ちゃんは何て思うかしら。

ひやりとした後ろめたさを抱えたまま、おみつは櫓長屋に向かった。

五

「余一さん、おみつです」

櫓長屋の前で声をかけたが、中で動く気配はない。

さっき千吉が言った通り、余一は出かけているようだ。ためしに腰高障子に手をかければ、あっけなく戸が開く。

人の留守に無断で家に入ってはいけない。余一が帰ってくるまで表で待っているべきだ。

それはわかっていたけれど、おみつの目は奥の襖に釘《くぎ》づけだった。いつもは閉まっている襖が今日に限って三寸（約九センチ）ほど開いている。

あの襖の向こうはどうなっているのだろう。始末をする前のくたびれた古着が山のように積まれているのか。それとも、見たこともない不思議な道具がそこかしこに並んでいるのか。

あれこれ頭に浮かんできて、我慢できなくなったおみつはそっと中に滑り込む。この機会を逃したら、余一の仕事場を目にすることは絶対にできないだろう。

ほんのちょっとのぞくだけよ。勝手に触ったりしなければ、余一さんにもわかりっこないわ……。

土間で手早く下駄を脱ぎ、息をひそめて足を踏み出す。胸に浴衣を抱いたまま襖をそっと押し開けて――意外な眺めに目を瞠った。

「余一さんは本当にここで仕事をしているの」

確かめるように呟いたのは、畳敷きの部屋がやけにがらんとしていたからだ。壁を背にして置かれた箪笥《たんす》は薬種屋でよく見かけるような引き出しがたくさんあるもので、その隣には行李《こうり》と行灯《あんどん》と畳まれた布団があるだけだ。古着の山はもちろんのこと、特別な道具も見当たらない。

江戸の長屋は狭く、たいがいものであふれている。こんなに広くてものがないのはめったにお目にかかれない。

ちょうど始末が終わって片付けたばかりなのかしら。余一さんの顔色が悪かったのは、仕事のせいじゃなかったの？

おみつは訝《いぶか》しく思いながら、もう一度ぐるりと周りを見回す。そして、畳んだ布団の上に紺の袷が置いてあるのに気が付いた。

この暑いのに、袷を出しっぱなしにしておくなんて余一さんらしくない。そろりと近づいてよく見れば、縞の袷の裏は浅葱《あさぎ》の蝙蝠《こうもり》柄だった。

これってお糸ちゃんが縫ったきものだ――と思った瞬間、

「人の留守に何をしてんだ」

振り向くと、家の主がすぐ後ろに立っている。震え上がったおみつは風呂敷包みを抱き締めた。

「ご、ごめんなさい。余一さんがいなかったから」

「勝手に上がり込むなんてどういう了見だ。さっさとここから出てってくれ」

余一は苛立《いらだ》ちもあらわに吐き捨て、おみつの腕を強く引っ張る。

無断で入ったのは悪かったけど、そんなに怒らなくてもいいでしょう。他人に見られて困るものがあった訳じゃないんだから。

強気で言い返したかったが、相手の怒りがすさまじくて言葉が喉《のど》でつかえてしまう。

ひょっとして……無断で入られたことよりも、お糸ちゃんの袷を見られたことが嫌だったの？

おみつは突如閃《ひらめ》いて、余一の手を振り払った。

「布団の上にあるのは、お糸ちゃんが仕立ててくれた袷でしょ。この暑いのに、まさか袷を着るつもりじゃないでしょうね」

「もらったもんをどうしようとおれの勝手だ」

「でも、お糸ちゃんに仕立てを頼んだのはあたしだもの。どんな仕上がりか見せてもらってもいいでしょう」

風呂敷包みを左手で持ち、右手を伸ばそうとしたとたん、「やめろっ」と余一が大声を出す。

「お糸ちゃんのきものに触るんじゃねぇ」

切羽詰ったその声に伸びかけた手が止まる。

わざわざ振り返って見なくても、余一の表情は察しが付く。怒りと焦りとやるせなさで顔を歪《ゆが》めているはずだ。

――きものってなぁ人の思いの憑代《よりしろ》だ。

出会って間もない頃、お嬢さんを傷つけてしまったと泣きじゃくるおみつに余一はそう言った。

余一の顔色が悪かったのはたぶん仕事のせいじゃない。お糸のことを考えて、眠れぬ夜を過ごしたからだ。

恋し恋しと鳴く蟬よりも鳴かぬ蛍が身を焦がす――ここにも思いを告げられず、身を焦がしている蛍がいる。男だからと我慢を重ね、泣くに泣けない蛍がいる。

きもの始末の腕はとびきりなのに、なんて不器用な人だろう。そう思ったら、おみつは何だかおかしくなった。

「お糸ちゃんがそんなに好きなら、振袖の始末なんか断ればよかったじゃない。どうして天乃屋の若旦那とくっつけようとするのよ」

「うるせぇな。もう黙ってろ」

「だいたい金持ちは嫌いだと言いながら、金持ちとくっつけたがるなんておかしいわ。それとも、お糸ちゃんが金に目がくらむとでも思っているの。あたしの大事な幼馴染みを見くびらないで」

「おめぇには関わりねぇだろう。横から首を突っ込むな」

怒った声の響きより言われた中身が胸に刺さる。

あの色事師が言った通りだわ。ほんの少しでもあたしの気持ちに気付いていたら、こんな台詞は言えないだろう。

「関わりなら、あるわ」

おみつはそう言って浴衣を両手で抱き締めなおす。

「あたしは……お糸ちゃんが大事で」

余一さんのことが誰より好きで。

「お糸ちゃんにはしあわせになって欲しいから」

余一さんにしあわせになって欲しいから。

「あ、天乃屋の若旦那は九年思っていたそうだけど、あたしとお糸ちゃんの付き合いは物心がつく前からよ。あの子のことはこの世の誰より一番知っているんだから」

少しやつれた端正な顔が涙のせいでぼやけて見える。泣かれると思っていなかったのか、余一の眉がかすかに下がった。

「お糸ちゃんはさっぱりしているようで、実はとってもしつこいのよ。子供のときにあたしが暗がりで脅かしたのを未だに根に持っているんだから。五年や十年で心変わりなんてするもんですか。それでも、天乃屋に嫁げって言うのっ」

「……それは、お糸ちゃんが決めることだ」

この期に及んで、まだそんな逃げ口上を言うつもりか。おみつは唇を嚙み締めて櫓長屋を飛び出した。

伝えられない思いと浴衣を胸にしっかり抱き締めて。

「おみつ、いったいどうしたの」

浴衣を抱えて泣きはらした顔で戻ったら、お玉に心配されてしまった。

だが、答えられないこっちの事情をすぐに察してくれたらしく、「顔を洗っていらっしゃい」と言った後はそっとしておいてくれた。お園にからかわれなかったのは、お玉が釘を刺してくれたおかげだろう。

翌日から、おみつは忙しく働いた。

手を動かしていれば、余計なことを考えずにすむ。

これ以上虫のいいことを考えて、傷をえぐるのは嫌だった。それでも、気を緩めると「もしかしたら」と思ってしまう。

いっそ、あの浴衣を切り刻んで雑巾にでもしようかしら。そうしたら、今度こそ諦めがつくかもしれないわ。

やけになってそんなことさえ考えたけれど、浴衣の蛍が自分と重なり、かわいそうでできなかった。

そして六月六日になって、江戸にまた雨が降った。

「そろそろ梅雨が明けてもいいのに。いつまで降るつもりかしら」

いつものように渡り廊下を拭きながら、おみつがひとりごちる。そこへお玉がやってきた。

「おみつ、お茶を三つお願い」

言われた通りお茶を運べば、お園とお玉の他に四十後半と思われる高価なきものを着た男がいた。

「このおみつがあたしとおっかさんに浴衣の縫い方を教えてくれたんです」

客にお茶を出したところ、いきなりお玉に紹介される。訳がわからないまま頭を下げると、続けて客の名を教えられた。

「おみつ、こちらは玉泉堂の御主人よ。昨日、おとっつぁんからおっかさんが縫った浴衣の話を聞いたんですって」

「ぜひ見せてもらおうと思って押しかけたんだが、御新造さんに断られてね」

玉泉堂は金のかかった見かけの割にざっくばらんな人柄らしい。女中と下に見ることをせず、おみつに向かって朗らかに言う。そこへお園が口を挟んだ。

「とても他人様《ひとさま》に見せられる出来じゃありませんから」

「おや、初めてにしてはなかなかのものだと孫兵衛さんは言っていたが」

「からかわないでくださいな。他人様に見せられない出来だから、寝巻にするんじゃありませんか」

玉泉堂と言えば、擦り切れた浴衣に継ぎを当てて寝巻にしていた人である。旦那様はどうしてそんな人に御新造さんの寝巻の話をしたのだろう。三人のやりとりに目を白黒させていたら、お玉が事情を教えてくれた。

「玉泉堂さんが火事のときに着ていた寝巻は亡くなった御新造さんが縫ったものなんですって。だから、擦り切れても継ぎを当てて大事に着ていなさるそうよ」

「旦那様はその話を聞いて口が滑ったとおっしゃっていたわ。まったく、いい年をして何を張り合っているんだか」

嫁と張り合った自分のことは棚に上げ、お園は大きなため息をつく。すると、玉泉堂が「いいじゃありませんか」と手を振った。

「新しく仕立ててもらえれば、他人からとやかく言われずにすむ。孫兵衛さんは果報者ですよ」

「あたしは玉泉堂さんからお話をうかがって納得しました。妻の形見の寝巻だと、火事のときにおっしゃればよかったのに」

憤慨するお玉に客が笑う。

「なに、人の噂も七十五日。それに私がケチなのは本当だよ」

「あら、そうなんですか」

「でなければ、いいものを長く使うことはできないからね。これは高いと思えばこそ、人は大事に扱うものだ」

お園とお玉は納得顔でうなずくけれど、おみつは玉泉堂の言葉が引っかかった。

——新しく仕立ててもらえれば、他人からとやかく言われずにすむ。孫兵衛さんは果報者ですよ。

玉泉堂には女中上がりの後添いがいると聞いている。新しい浴衣くらい何枚だって仕立ててくれるだろう。

それなのに、亡き妻の縫った浴衣を擦り切れても着るなんて……後添いに対する嫌がらせとしか思えない。そう思ったら口が滑った。

「どうして擦り切れた浴衣を着続けるんです。新しいものを今の御新造さんに縫ってもらえばいいでしょう」

「おみつ、おやめなさい」

「どんなに思っても、亡くなった人は戻りません。あの世の御新造さんの思い出よりも生きている御新造さんを大事にすべきじゃないですか」

「おみつっ」

お園の一喝で我に返り、おみつの顔から血の気が引く。

「も、申し訳ありません」

亡き妻を思う相手とお糸を思う余一が重なり、余計なことを言ってしまった。急いで畳に顔を伏せれば、「いや、おまえさんがそう思うのも無理はない」と玉泉堂は笑ってくれた。

「だが、擦り切れた浴衣を私に着せるのは今の妻なんだよ」

「えっ」

「亡くなった御新造さんを忘れないでくれ。そう言って月命日になると引っ張り出すんだ。火事の後も、『あの程度のぼやですんだのは、亡くなった御新造さんが守ってくださったおかげです』と繰り返し言われたよ」

予想外の言葉におみつは呆然《ぼうぜん》と客を見つめる。

玉泉堂が後添いをもらったのは五年前だと聞いていた。いくら女中上がりでも、そこまでものわかりがいいものか。

「立派な御新造さんですね」

感心しきりのお玉に玉泉堂がうなずいた。

「今の妻……おさとは死んだ妻に仕えていた女中だったんでね」

輿入れのときに実家からついてきた女中のおさとは先妻と年がひとつ違いで、姉妹のように仲がよかった。そのため、看病の甲斐なく亡くなったときは後を追いそうな嘆き方だったとか。

「私も本当につらくて、おさとを相手に亡き妻の話を繰り返していたんだよ。『御新造さんが生きていれば』がおさとの口癖で、いつしか私の身の回りの世話を任せるようになったんだ」

だから「後添いを娶れ」という話が出たときも、おさとに相談したという。

「後添いをもらったら、死んだ妻の話をおさととすることもできなくなる。それがつらいと言ったら、『前の御新造さんを忘れなくてもいいとおっしゃる方を後添いに迎えられてはいかがでしょう』と言われたのさ」

だが、そんな相手がいるなんて玉泉堂は思えなかった。夫がいつまでも死んだ妻を偲《しの》んでいたら、後添いとしての立場がない。だからといって、死んだ妻を忘れるような不実な真似もしたくない。

「そして、私は気付いたんだよ。おさとを後添いに迎えれば、今まで通りでいいってことに」

おさとは初めのうち主人の求婚を断っていた。だが、玉泉堂の意思が固いと知って、後添いになることを承知した。

「あの世に逝《い》ったら御新造さんにお詫びして、またお仕えすると言っている。おさとにとって一番大切なのは今でも死んだ妻らしい」

楽しげに笑う玉泉堂を見て、おみつは胸が苦しくなった。

きものの値打ちは値段や見た目だけではない。他人から見ればただのぼろでも、先妻が縫った浴衣は玉泉堂にとって高価な骨董に勝るのだ。それを承知でおさとは後添いになることを承知した。

先妻に仕えていた女中が後釜《あとがま》に納まれば、奉公人からは妬まれ、世間からは下世話な勘繰りをされる。そんな針の筵《むしろ》にあえて座る覚悟をしたのは、女中の頃から玉泉堂を憎からず思っていたからに違いない。奉公人がすべて通いなのは、女中上がりの後添いを陰口から守るためかもしれなかった。

そして、おさとが先妻の縫った浴衣を繕い、毎月夫に着せるのは……亡くなった御新造さんを大切に思っていればこそ。

――おみつにとってあたしが一番大事ってことはわかっている。でも、大事な人と好きな人は別でしょう。

お玉はそう言ったけれど、一番はこの世でたったひとりだ。

おさとは大事な御新造のために、好きな夫に己の気持ちを偽っている。お糸は大事な父親のために、好きな余一を諦めようとしている。好きと大事の板挟みで思い悩むくらいなら、あたしはお嬢さんだけでいい。

だから、おみつは玉泉堂が帰ってからお玉に言った。

「お嬢さん、長生きしてくださいね」

「おみつ、急にどうしたの」

「あたしはおさとさんとは違いますから」

お玉が亡くなった後、妻として綾太郎を支えることなどできない――言わんとすることがわかったのか、お玉は思い切り噴き出した。

「わかってるわ。おみつには好きな人がいるものね」

「あたしの一番好きな人はお嬢さんです。ですから、誰とも一緒になりません」

「おみつ、でも」

「あの浴衣はお嬢さんのために縫い直します。竹垣に蛍の柄ですから、お嬢さんが着てもおかしくないでしょう」

お玉は大きく目を瞠り、おみつの顔をじっと見つめる。ややあって首を左右に振った。

「あの浴衣はそのままにしておきなさい。いつか袖を通す人が現れるから」

穏やかにそう言った後、お玉は不意に顔をしかめる。

「それにしても、余一さんは見る目がないわね」

その言葉だけで十分だと、おみつはうっすら笑みを浮かべた。

錦の松

一

たとえば、料理の出来、不出来は料理人の腕による。

腕がよければありあわせでもうまい料理ができ上がり、下手くそはとびきりの材料を台無しにしてしまう。

一方、きものはどんなに仕立てがよくたって木綿は木綿、絹は絹だ。たとえ余一が始末をしても木綿が絹になることはない。ただし仕立てをしくじれば、いい生地だって着られなくなる。

着尺《きじやく》の反物《たんもの》ができるまでにどれほどの時と手間がかかっているか。ゆえに仕立ては大事だと綾太郎は思っていたが、

「おまえさんの浴衣《ゆかた》を縫うことにしました」

五月二十三日の晩、夫婦の寝間でいきなりお玉に告げられた。

「何だって急にそんな気を起こしたんだい」

とまどいながら聞いたのは、許嫁《いいなずけ》から贈られた座布団を思い出したからだ。

座布団は君を思ひし我が心
　裏も表もないとこそ知れ

そんな文と一緒に届けられた座布団は綿がたっぷり入っていて座り心地こそよかったものの、いかんせん縫い目が怪しかった。何度か尻に敷いただけで糸がほつれてきてしまい、裏表のない思いばかりか、お玉の裁縫《おはり》の腕前も未来の夫に教えてくれた。別に縫うのは勝手だが、着られるものができるのか。こちらの懸念を察したらしく、お玉の頰《ほお》が見る見るふくらむ。

「妻が夫のきものを縫うのは当たり前でしょう」

「おや、そうなのかい」

そんな話は初耳だと綾太郎は首をかしげる。

母のお園は山ほどきものを持っていたが、夫のものはもちろん自分のきものでさえ縫ったことは一度もない。大隅屋の客だって仕立てまで頼む者は大勢いる。きものは職人が縫うものだと頭から思い込んでいた。

「世間ではそういうこともあるだろうが、お玉は裁縫が苦手だろう。無理に針を使わなくても」

「あたしが縫いたくて縫うんです。もちろん玄人《くろうと》にはかないませんから、表に着ていけなんて申しません。寝巻にしていただければ十分です」

「寝巻なら、なおさら無理をしなくても」

「おまえさんにあたしの縫ったものを着て欲しいんです。裁縫が下手だと、寝巻も縫っちゃいけないんですか」

真っ赤な顔で遮られ、綾太郎は口を閉じる。わざわざ鏡を見るまでもなく、こっちの顔まで赤く染まっているだろう。

「そういうことなら……頑張ってくれ」

どうせなら「楽しみにしている」とか「うれしい」と言うべきかもしれないが、お玉の腕前を知るだけに他の言葉が出てこなかった。ぎこちなく答えれば、お玉がなぜかくすりと笑う。

「やっぱり、おまえさんと一緒になってよかったです」

「何だい、急に」

「あたしのような下手くそが縫ったものなど着られるか。そう言われても仕方がないと思っていました」

　ほっとしたように告げられて、綾太郎の眉間《みけん》にしわが寄る。

　前に天乃屋の跡継ぎ、礼治郎との仲を疑ってひどいことを言った覚えはあった。だが、後でちゃんと謝ったし、横暴な亭主と思われていたのなら心外だ。こちらの気持ちも知らないで、お玉はうれしそうに両手を合わせる。

「世の中には、妻の気持ちを蔑《ないがし》ろにする夫が多いんです。どんなに尽くしても気に入らなくて、手を上げることもあるんだとか」

「へえ」

　綾太郎の父は手代上がりの婿養子のため、母に頭が上がらない。

　そんな両親を見て育ったから、妻に威張りたいとは思わない。無論、父のように機嫌を取ろうとも思わないが。

　――あたしがあちこち出歩くのは、杉田屋《すぎたや》が針の筵《むしろ》だからさ。舅姑《しゅうとしゅうとめ》ばかりか奉公人まで、あたしを種馬のように扱うんだよ。

　幼馴染《おさななじ》みで薬種問屋に婿入りした平吉《へいきち》はしきりと嘆いていたけれど、考えてみれば女は決まってそういう扱いを受けている。十七、八で生まれ育った家から嫁に出され、跡継ぎを産むことができなければ離縁されても文句は言えない。

「女ってのは大変だね」

しみじみと呟《つぶや》けば、お玉がいっそう笑みを深める。

「ですから、あたしはそう言ってくれるお人と一緒になれて運がよかったです。おっかさんもかわいがってくださいますし」

本気でそう言えるのがお玉のたいしたところである。

二月《ふたつき》前まで着道楽の母にいろんなきものを着せられ、表に出るのが嫌いなのにあちこち連れ回されていた。挙句、怪しげな瓦版《かわらばん》にあることないことを書かれても、笑顔で「運がよかった」とは。

それにしても、あの母が潔くきものを手放したのは意外だった。併せて古着の施しもしたおかげで大隅屋の名は上がったものの、すべて余一の差し金というところが綾太郎は気に入らない。

あの無駄に高い鼻を明かしてやれたら、どんなに溜飲《りゅういん》が下がるだろう。そんな綾太郎の思いも知らず、周りは何かと余一を頼りにしようとする。

ともあれ、世間に出回った悪い噂《うわさ》はすっかり消えた。後は瓦版が誰の仕業か突き止められればいいのだが、まだ手がかりは摑《つか》めていない。

親分は何をしているんだい。日頃付け届けをしているのは、こういうときのためじゃないか。役に立たない目明しへの苛立《いらだ》ちは日増しに募るばかりであった。瓦版の版元や版木彫りの職人、摺《す》り師はすべて調べたはずだ。にもかかわらず、敵の正体どころかしっぽも摑めないなんて、十手持ちがだらしないのか、むこうがよほど上手なのか。

それに大隅屋の名を貶《おとし》めて商いの邪魔をする気なら、どうして商いに関《かか》わらない母とお玉が狙《ねら》われたのか。

母のお園は大隅屋の直系でやることがいちいち派手だから、面白おかしく書きたてるには都合がよかったのだろう。しかし、嫁いで間もないお玉まで狙われたのはなぜなのか。おまけにでたらめばかりの瓦版の中で、お玉の着ていた振袖《ふりそで》の柄だけが正しく書かれていたのも引っかかる。

そして、気になることはもうひとつ。

「ところで、天乃屋の若旦那《わかだんな》はどうしているんだい」

「さあ、あたしは存じません。先月、おみつに用があるといらしてから、お会いしていませんから」

「いや、そうじゃなくて……礼治郎さんの縁談がどうなったか、おみつに何か聞いていないか。懸想されている娘はおみつの幼馴染みだろう」

——礼治郎さんの思い人はだるまやの娘さんで、その人に贈る振袖の始末を余一さんに頼んだんですって。

先月、お玉に言われたときは驚いて顎《あご》が外れかけた。それからずっと気になっていたが、なかなか口にできなかった。

「おみつから聞いた話だと、お糸さんは振袖を受け取ったそうですよ。いずれ一緒になるのでしょう」

「まさか、そんな」

言い返しかけてから、続く言葉を慌てて呑《の》み込む。そんな夫をお玉は不思議そうに見返した。

「礼治郎さんはいい方ですし、お糸さんを九年も思っていたそうです。そこまで一途《いちず》に思われたら、女冥利《みようり》ではありませんか」

そういうおまえも礼治郎に言い寄られたらその気になるのか——馬鹿な問いが頭をかすめ、綾太郎は自嘲《じちよう》する。さっき「おまえさんと一緒になってよかったです」と妻から言われたばかりなのに。

どうせ余一のことだから、やせ我慢をして振袖の始末をしたのだろう。しかし、心底余一に惚《ほ》れているお糸が受け取るとは思わなかった。強情っぱりの職人にとうとう愛想を尽かしたか。

偏屈な職人がどうなろうとも構わないが、お糸が礼治郎と一緒になるのははっきり言って面白くない。

——たとえ一緒になれなくても、あの人しか好きになれないもの。

うるんだ瞳《ひとみ》で言い切った娘が心変わりをするなんて。あの腕と顔だけはいい職人はどんな始末をしたのだろう。

余一の馬鹿野郎、いつまでも恰好《かっこう》をつけていると鳶《とんび》に油揚げをさらわれるぞ。後悔ってのはいつだって後でするものなんだからな。

胸の中で文句を言えば、お玉の首がわずかに傾く。

「おまえさんはお糸さんをご存じなんですか」

「い、いや、そんなことはないが……おまえが浴衣を縫うことをおっかさんは知っているのかい」

だるまやの看板娘に言い寄ろうとしたなんて、今さら妻には知られたくない。強引に話を変えたところ、お玉が楽しそうにうなずいた。

「おっかさんも裁縫が苦手だそうですね。今まで縫ったことがあるのはおまえさんの襁褓《むつき》だけだとおっしゃっていました」

「そうなのかい」

綾太郎は母が裁縫をしている姿を一度も目にしたことがない。針に糸すら通せないと思っていたので、たとえ襁褓でも「縫った」と聞いて驚いた。

「あのおっかさんのことだ。赤ん坊のあたしは木綿じゃなくて、羽二重《はぶたえ》の襁褓を当てていたのかもしれないよ」

「それはないと思いますけど、おっかさんは本当におまえさんがかわいいんですね」

「どうしてそう思うんだい」

我が子をかわいいと思っていたら、子育てを人任せにはしないはずだ。たかが襁褓を縫ったくらいで「本当にかわいい」とは片腹痛い。綾太郎は自分の口が歪《ゆが》むのを感じた。

「おまえも知っての通り、おっかさんは息子より娘を欲しがっていた。母親らしいことなんてしてもらった覚えはないけどね」

「でも、おっかさんがきものを手放したのはおまえさんのためでしょう」

「冗談じゃない。あれは余一に言われたから」

「余一さんの頼みを聞いたのは、おまえさんが世話になった恩を返すためです。かわいい我が子のためじゃなかったら、あのおっかさんが命の次に大事なきものを手放したりするものですか」

真面目《まじめ》な表情で訴えられて、綾太郎は目を瞠《みは》る。

言われてみれば確かに……生来の見栄っ張りが災いして引っ込みがつかなくなったとはいえ、母が余一に恩返しをしようとしたのは綾太郎のためである。そんなことをしてくれとこっちは頼んでいないのに。

幼い頃は家にいない母を恨めしく思っていた。勝手気ままに遊び歩き、自分が産んだ子のことなど眼中にない――長らくそう信じてきたけれど、それは誤解だったのか。少なくとも母は綾太郎のために襁褓を縫い、「女の財産」であるきものを処分してくれたのだから。

知らぬ間にぼんやりしていたら、さらに意外なことを言われた。

「おっかさんもあたしと一緒におとっつぁんの浴衣を縫うんですって」

「何でまた」

このところ、母の父を見る目が変わってきたのは感じていた。しかし、綾太郎の襁褓しか縫ったことがないのなら、針を持つのは二十三年ぶりだろう。去年、座布団を縫ったお玉よりさらにひどいと思ったが、

「あたしに縫えるなら自分にも縫える。そう思われたんじゃありませんか」

あまり自慢にならない台詞《せりふ》をお玉はけろりと口にする。それでも、綾太郎は狐《きつね》につままれた気分だった。

「おっかさんも『いい年をして』と笑っていらっしゃいましたけれど、一緒に縫うと言ってもらえて、あたしはうれしかったです。ひとりより二人のほうが心強いですから」

「そういうものかねぇ」

ともあれ、お玉の裁縫が下手でかえって幸いだった。人並みの腕前をしていたら、勝気な母は「一緒に縫う」とは言い出せない。気分次第で、夫の浴衣を縫う嫁に嫌がらせだってしかねなかった。

お玉が嫁に来なければ、母が襁褓を縫ってくれたことを一生知らずにいたはずだ。自分で思っていたよりも、母に思われていたことも。

あたしもお玉と一緒になってよかったよ。

綾太郎は心の中で呟いた。

二

母とお玉が浴衣を縫っている間、父の孫兵衛も綾太郎も落ち着かなかった。

特に父はうわの空で、傍《はた》で見ていて大丈夫かと心配になるほどだった。もっとも、婿として辛抱に辛抱を重ねてきた長い年月に思いを馳《は》せれば、仕方がないのかもしれない。

「おとっつぁん、おっかさんの浴衣は縫い上がるかどうかもわからないんです。あまりそわそわしないでください」

五月晦日《みそか》の四ツ半（午前十一時）過ぎ、母屋《おもや》で着替えをしていた父に綾太郎はぴしゃりと言う。父は羽織の紐《ひも》を結ぶ手を止め、たちまち厳しい表情になる。

「私はいつもと変わらないぞ。いい加減なことを言うんじゃない」

「では、これは何ですか」

綾太郎が懐《ふところ》から文を出すと、父が片眉《まゆ》を撥《は》ね上げる。

「それは今朝、大坂に送れと手代に命じた文じゃないか。どうしておまえが持っているんだ」

「宛名が違っていませんかと、手代があたしに持ってきました。旦那様には若旦那からよろしくお伝えくださいって」

大店《おおだな》の主人は大まかに言って三通りだ。すべて奉公人任せの者と、口だけうるさくて手は出さない者、そしてあらゆることに手と口を出す者である。

手代上がりの父は人任せにできない性分で、奉公人に煙たがられていた。

「こんなものを送ったら、先方に失礼でしょう」

「おまえに言われるまでもない。これはその……手代が間違いに気が付くかどうか、あえて試してみただけだ」

苦し紛れのこじつけもここまでくればたいしたものだ。綾太郎が呆《あき》れていると、父が気まずそうに咳払《せきばら》いした。

「ところで、その……まだなのか」

いきなりまだかと言われても何のことだかわからない。綾太郎が目をしばたたくと、父は文を隠すように懐にしまう。

「おまえにまだかと聞くんだから、孫ができたか否かに決まっているだろう」

再びのこじつけにびっくりしたが、続けて逆らうべきではない。綾太郎は畳に目を落とした。

「お玉からできたとは聞いていません」

「そうか、それは残念だ。早くできるといいんだが」

「はあ」

お玉が嫁に来てまだ半年、これぼかりは授かりものだし、急《せ》かされても困る。息子に厳しい父親も孫には甘いと聞くけれど、こんなにも孫の誕生を待ち望んでいるとは思わなかった。うっかり気のない声を出せば、父にじろりと睨《にら》まれる。

「お園がいつまでおとなしくしているか、わかったものではないからな。また妙な瓦版が出回ったら困るだろう」

「それはそうですが」

母のやることと綾太郎の子にどんな関係があるというのか。おかしな瓦版が出回るのが嫌なら、自分より十手持ちをせっついてくれと思っていたら、

「前回は桐屋さんもすぐに引いてくださったが、二度目はそうもいかないだろう。万にひとつ、離縁するようなことになっても、おまえたちに子がいれば安心だ」

「おとっつぁん、それはどういう意味です」

「夫婦は離縁すれば他人だが、親子は一生、いや死んでも親子に違いはない。お玉が実家に帰っても、お玉とおまえの血を引く子が桐屋との縁、いや後藤屋との縁をつな

いでくれる」

まさかそんなことを言われるとはかけらも思っていなかった。平然とうそぶく父親に綾太郎は愕然《がくぜん》とする。

「あたしはお玉を離縁するつもりはありません」

「私だってその気はないが、世の中はどう転ぶかわからない。この間の瓦版騒ぎでよくわかっただろう。商人は常に『もしも』に備えねばならんのだ」

だから、一日も早く子を作っておけと言いたいのか。大事なのはお玉の身体《からだ》に流れる血で、お玉自身に値打ちはないのか。

高まる怒りを抑えるべく綾太郎は眉間に力を込める。

「いいか、商いはきれいごとばかりじゃないんだぞ」

「おとっつぁんのお気持ちはよくわかりました。お玉が身籠《みごも》ったとわかったときは、すぐにお知らせしますから」

子はかすがいかもしれないが、親の道具ではないはずだ。先代の娘の夫として大隅屋を継いだ父はことさら血のつながりに重きを置くのかもしれなかった。

おとっつぁんは何かと言えば後藤屋、後藤屋と騒ぐけれど、祝言で会った大旦那はただの年寄りだったじゃないか。あのじいさんの血を引くことにどれほどの意味があるってんだい。

憤慨した綾太郎は足取りも荒く店に戻った。

そして、六月三日の朝五ツ（午前八時）過ぎ、帳場にいた綾太郎はお玉に呼ばれた。

「お仕事の邪魔をして申し訳ありません。ですが、一刻も早くお渡ししたくて」

奥の座敷に戻ったところ、お玉が恥ずかしそうに浴衣を差し出す。

お玉は目鼻立ちの整った器量よしで、頬を染めてうつむく姿は亭主の贔屓目《ひいきめ》を抜きにしてもほれぼれするほどかわいらしい。

おとっつぁんは浴衣を縫ってもらうのに二十数年かかったんだ。あたしはいい女房をもらったよ。綾太郎は受け取った浴衣を広げ、細かいところが見えないようにできるだけ目から遠ざけた。

「初めてにしてはよく縫えている。前にもらった座布団と比べると、ずいぶんうまくなったものだ」

「あの頃は、おまえさんがどういうお人かわからなかったから。今はおまえさんをあたしの夫に選んでくれた桐屋のおとっつぁんに感謝しています」

「お玉」

「寸法は大丈夫だと思いますが、ちょっと羽織ってみてください」

言われて蜻蛉《とんぼ》の柄の浴衣を単衣《ひとえ》の上から羽織ってみせれば、お玉は満足そうに何度もうなずく。

「やっぱり、この柄にしてよかった。おっかさんはもっと威勢のいい柄がいいっておっしゃったんですけど」

「おっかさんは派手好きだから」

ちらりと見ただけだが、母が縫っていたのは見事な昇龍の柄だった。威勢と縁起はいいけれど、果たして父に似合うだろうか。片眉を上げた綾太郎にお玉がなぜそうなったかを教えてくれた。

「龍は水の神様なので、火の用心だそうです」

「なるほど」

「おみつは余一さんのために竹垣に蛍の柄を縫ったんですよ」

「ええっ」

おみつが浴衣の縫い方を教えていたのは知っている。が、どうして余一に浴衣を縫うのか。驚いて目を丸くしたら、妻はころころと笑う。

「おみつは余一さんが好きなんです。ご存じありませんでしたか」

「だ、だって、おみつは」

「そうでなければ何かあるたび、余一さんを頼りにしたりしません。余一さんだって何だかんだと文句を言いつつ、おみつを助けてくれるでしょう？　むこうだってまんざらでもないと思うんです」

上機嫌なお玉から綾太郎は目をそらした。

お玉はお糸の名を知っていても胸の内は知らないらしい。だから、礼治郎に嫁ぐものと決めつけているのだろう。

しかし、おみつは幼馴染みの恋を知っている。お玉に井筒屋を見てくるように頼んだとき、脅しをかけてきたほどだ。

――お糸ちゃんとあたしはとっても仲がいいんです。互いの身に起こったことなら何でも知っているんですから。

勝ち誇った顔で言った女中が知らないなんてあり得ない。礼治郎の出現を好機と見て、抜け駆けをするつもりなのか。

お玉のためなら猪突猛進《ちょとつ》、こっちの言うことを聞かない女中に苛立ったことは何度もある。それでも、おみつなら信用できると思っていたのに、幼馴染みを裏切るような性悪だとは思わなかった。

見損なったと歯ぎしりしたが、お玉は気付かず話を続ける。

「あたしは二人がお似合いだと思うんです。おみつは親と折り合いが悪いし、余一さんは身寄りがいないでしょう。さびしい二人が一緒になれば、うまくいくと思います」

まさかの言葉に綾太郎は慌てた。

「ちょ、ちょっとお待ち。所帯を持ったら、おみつはおまえのそばにいられなくなる。それをわかっているのかい」

「余一さんは白壁町に住んでいますから、おみつには通いで奉公を続けてもらいます」

無邪気な妻の考えを知り、綾太郎は頭が痛くなる。

大隅屋で通いが許される奉公人は長年勤めた者だけだ。勤めて一年にもならないおみつを通いになんかさせられない。

それでなくても、お玉付きということで好き勝手をさせている。これ以上の特別扱いは他の奉公人の手前もある。何より、あの余一がお糸以外の娘と一緒になるとは思えなかった。

——おれだって、お糸ちゃんにはしあわせになって欲しい。若旦那に言われるまでもありませんや。

吉原からの帰り道、余一はそう言ったのだ。お糸のしあわせを考えて身を引くことがあったとしても、おみつと所帯は持たないだろう。

だが、お玉はすっかりその気らしく大きな目を輝かせる。

「余一さんとおみつが一緒になれば、大隅屋の身内も同然です。おまえさんの手伝いだってもっとたくさんしてくれますよ」

「……あたしは余一の手を借りなくたって、この店をちゃんと守っていけるよ」

おみつは言うに及ばず、お玉といい、母といい、余一と知り合った女たちはどうしてやつを頼りにするのか。きものを始末する腕は認めるが、かわいげのかけらもない無愛想な男じゃないか。

女ってのは男より見た目でごまかされるからね。ちょっと男前だと、すぐにちやほやするんだから。

綾太郎はたちまち不機嫌になるが、お玉は「でも」と言い返す。

「おみつと余一さんが一緒になれば、おみつはしあわせになって、お店のためにもなるんですよ。おっかさんだってあたしと同じ考えです」

「おまえやおっかさんがおみつのことを思うのは勝手だが、店のことは話が別だ。あたしは余一に頼るつもりはないからね」

顎を引いて言い切ると、なぜかお玉の頬が染まった。

三

両国《りょうごく》は江戸でも有数の盛り場で、夏の川開きの間は特ににぎわう。火除《よ》け地である広小路には見世物小屋や茶店がいつも以上に建ち並び、その隙間《すきま》を埋めるように大道芸人たちが立つ。そして思い思いに客寄せの声を張り上げるため、田舎者なら目が回るか、祭りと勘違いしそうな騒がしさだ。

客にきものを届けた帰り道、綾太郎は手代を連れてしかめっ面で歩いていた。見立てたきものが仕立て上がると、綾太郎はできるだけ自ら届けるようにしている。実際に袖を通してもらって己の見る目を確かめたいのと、「今後ともどうぞご贔屓に」とお願いするためである。

人の中身は一朝一夕で変わらないが、外見はきものでずいぶん変わる。今日、きものを届けた御新造《ごしんぞ》も裏葉柳《うらはやなぎ》（淡い黄味の黄緑色）のきものが肌をいっそう明るく見せ、三十過ぎの大年増《おおどしま》が五つは若返って見えた。「若旦那の言う通りにしてよかったわ」と笑顔で礼も言われたし、本来ならば上機嫌の帰り道のはずなのに

——綾太郎は昨日に続いて晴れた空を睨みつける。

「まだ五ツ半（午前九時）なのに、この暑さはどういうことだい。とても川のそばとは思えないよ」

扇子を忙《せわ》しなく動かしながら、綾太郎は文句を言う。さっきから月代《さかやき》には大粒の汗が浮いていた。

ただでさえ人が多くて蒸し暑いのに、今日はそよとも風が吹かない。夏羽織を着ているのもよくないのだろう。

「朝っぱら仕事もせずに盛り場でぶらぶらしている連中が多すぎるよ。俊三《としぞう》だってそう思うだろう」

「これが夏の両国のにぎわいです。文句を言っても始まりません」

「ふん、にぎわうのと暑苦しいのじゃ大違いさ。客寄せの口上だって声が大きいばかりで、工夫も何もありゃしない」

「通りすがりの足を止めようと思ったら、とにかく大声を出しませんと。むこうも商売でございます」

羽織を着ていないせいか、汗っかきではないからか。手代の俊三が涼しい顔でもっともらしいことを言う。綾太郎は口を尖《とが》らせた。

「本当に客を呼びたいなら、客寄せの声を大きくするより、もっとましな見世物を用意すればいいんだよ。あすこで大声を出している『江戸で唯一、ひとくい大ざる』なんてまがい物もいいところだ」

前に通りかかったとき、綾太郎は怖い物見たさでうっかり木戸銭を払ってしまった。そして、中で目にしたのは……。

「火のついた蠟燭《ろうそく》と杭《くい》、それに大きな笊《ざる》だったんじゃありませんか」

察しのいい手代に答えを当てられ、綾太郎はますます不機嫌になる。

「さては俊三も引っかかったのかい」

「いえ、ですが察しはつきますから」

蠟燭の火と杭と大笊で「ひとくい大ざる」。他には、六尺余りの大きな板に鳥や魚の血をつけて「六尺を超える大いたち」なんてものもあるんだとか。

「見世物なんてそんなものです」

「だったら、『江戸で唯一』なんて言わなきゃいいんだ。火と杭と大笊なんて、江戸にいくらでもあるじゃないか」

もっとも、見世物小屋の者に文句を言えば、「では、火と杭と大笊がひとつところに並んでいる家をお教えください。この目でしかと確かめましたら、今後は『本家本元』と改めましょう」とすました顔で言われるだけだ。

洒落《しゃれ》のわからねぇやつはみっともない。目くじらを立てるより、よくぞこの俺を引っかけたと木戸銭をさらにはずんでやれ――それが江戸っ子の心意気だとわかっていても、癪《しゃく》に障って仕方がない。

「あんなものが通用するなら、何だってできるじゃないか。『ひとくい鰻《うなぎ》』や『ひとくい鶏』だっていい」

「なるほど、そっちのほうが当たるかもしれません」

「いっそ、あの客寄せの脇で本当のことをばらしてやろうか。小屋の中にあるのはただの大きな笊だって」

「若旦那、それはお止《や》めください。そんなことをしたら怪我《けが》をします」

見世物小屋を仕切っているのは腕っぷしの強い男が多い。たちまち青ざめる俊三を見て、綾太郎は少しだけ胸がすっとした。

「大丈夫だよ。あたしだって馬鹿じゃない。藪《やぶ》をつついて蛇を出すような真似《まね》はしやしないさ」

お玉という嫁をもらって一人前になったんだ。そのくらいの分別もないと、おまえは思っていたのかい――言いがかりじみた文句がさらに口から出そうになったけれど、さすがに思いとどまった。

自分の機嫌が悪いのは俊三や見世物のせいではない。夏の暑さや両国の人混みのせいでもない。

女に冷たい余一のせいだ。

――思いを込めて仕立てた浴衣を受け取ってもくれないなんて。あたしは余一さんを見損ないました。

昨晩、お玉は顔を歪めて余一への怒りを口にした。

聞けば、櫓《やぐら》長屋へ行ったおみつが泣きながら帰ってきたという。しかも、仕立てた浴衣をそのまま持ち帰ったとか。

――よほどひどいことを言われたらしくて、あたしが声をかけても何も答えてくれないんです。おみつのよさがわからないなんて、余一さんも見る目がないわ。

姉とも慕う奉公人を傷つけられて、お玉はすっかりお冠だ。

しかし、綾太郎はそうなるだろうと思っていたので、あいまいに言葉を濁す。それが気に入らなかったのか、お玉は夫を横目で睨んだ。

――ひょっとして、おまえさんはこうなると思っていたんですか。おみつの何が不足だというんです。

何が不足ということではなく、余一はお糸に惚れているだけだ――そんなことを口にしたら、話がもっとややこしくなる。返す言葉に困っていると、その日の朝にもらった浴衣を取り上げられてしまった。

――おみつが元気になるまでは着ないでくださいまし。

お玉は恋に破れた女中を思いやったのだろう。妻のやさしさがわかるだけに、文句を言うこともできなかった。

余一が意地を張らずにさっさとお糸とくっついていれば、今さらおみつが泣くことも、こっちがとばっちりを食うこともなかったのだ。

まったくいい迷惑だと腹の中で毒づいたとき、

「若旦那と呼ばれてはるお人がいてはるて思たら、大隅屋の若旦那やおへんか。今日はいい天気でよろしおしたなぁ」

いきなり京言葉で話しかけられ、綾太郎はぎくりとする。

ここは両国、おまけに自分の知り合いで京言葉を話す男は限られている。恐る恐る振り向けば案の定、井筒屋呉服店江戸店の主人、愁介が立っていた。

「実は、折り入ってお話ししたいことがありましたんや。ほんに間ぁのええこと。やっぱり、若旦那はついてはる。いや、ついてんのは手前やろか」

端正な顔で微笑《ほほえ》みかけられ、綾太郎の顔が引きつる。

どうして人は嫌いな相手と予期せぬときに出会うのか。走って逃げたい気分でいたら、愁介はさらに近寄ってくる。

「うちの店はすぐそこやし、どうぞお寄りくださいまし」

「い、いいえ、今日はこれから行くところがありまして」

「そない言わはらんと、お願いします」

「ですが、急いでおりますので」

どんな話か知らないが、こっちに用はまったくない。頑《かたく》なに断れば、相手の笑みに歪みが生じる。

「そう邪険にしはらんでもええやおへんか。手前は綾太郎さんに大事なことをお知らせしたいだけやのに」

「大事なこととは」

「そりゃもちろん、御内儀さんに関わることや。一刻も早く聞かはったほうがええと思いますけどなぁ」

思わせぶりな相手の言葉に綾太郎の眉が寄る。

乗せられるのは癪だったが、お玉に関わると言われては知らん顔もできない。渋々俊三と共に愁介の後をついていった。

「そしたら、手代さんはここで待っといておくれやす。他人には聞かせられへん大事な話やさかい」

そんなふうに断られたら、誰だって気になるに決まっている。心配そうな俊三を残し、綾太郎はむっつりと愁介に続く。通されたのは、店から一番遠い庭に面した母屋の小座敷だった。

「ここにはうちの奉公人も近づきまへん。安心しておくれやす」

障子を大きく開けたまま、愁介は綾太郎を上座に座らせる。綾太郎はちらりと庭を見てから背筋を伸ばす。

「安心も何も……お玉に関わる話とはいったい何です。早くおっしゃってください」

「江戸のお人はせっかちやなぁ。まずはお茶でも」

「お茶は結構ですから、早く話を」

本当は喉《のど》が渇いていたが、とても飲む気になれなかった。固い声で訴えれば、愁介が肩をすくめる。

「そこまで言わはるのやったら、こっちも単刀直入に言わせてもらいます。お玉さんとは離縁なさったほうがよろしおすえ」

「何を言うかと思えば、馬鹿なことを」

綾太郎は一笑に付そうとしたが、顔がこわばってできなかった。相手は真剣な表情でじっとこっちを見つめている。

「手前は大隅屋さんのことを思えばこそ、言いにくい話をしてますのや。馬鹿なことは心外どす」

「井筒屋さんがどういうつもりか存じませんが、赤の他人にそんな指図をされる覚えはありません」

これ以上余計な話は聞きたくないと綾太郎は腰を浮かせる。そのとき、愁介がにやりと笑った。

「あいにく赤の他人やおへんのや」

立ち上がった綾太郎は目を眇《すが》めて相手を見下ろす。井筒屋は京の老舗《しにせ》で、米沢町の江戸店は今年できたばかりである。主人の愁介はもちろん、奉公人もすべて京から連れてきているという。

大隅屋は上方《かみがた》に親戚《しんせき》などなく、お玉の実家の桐屋は浅草の紙問屋、天乃屋の遠縁とは聞いているが、井筒屋と縁があるとは聞いていない。いい加減なことをと思ったとき、愁介が口を開いた。

「桐屋の初代が天乃屋の遠縁というのはまったくの嘘《うそ》っぱち、実は駆け落ち者だったんどす」

「……口から出まかせはたいがいにしろ」

今の言葉が本当なら、桐屋は人別を偽っていることになる。聞き捨てにはできなくて綾太郎は再び腰を下ろす。愁介は満足そうに微笑んだ。

「出まかせやおへん。お玉さんの祖母は手前の祖父の妹どした。ところが、手代と恋仲になり、江戸へ駆け落ちしてもうたんや」

「まさか」

「本当どす。そやから、お玉さんは赤の他人やあらしまへん。手前のはとこになるんどす」

愁介は江戸店を出すにあたって江戸の大店をいろいろ調べた。たまたま桐屋の初代夫婦が数十年前に井筒屋から駆け落ちした二人と同じ名、同じ年であることに気付き、さらに調べて確信を得たという。

「人別のほうは恐らく天乃屋さんが手を回さはったんやろう。駆け落ち者を助けてくれはるなんてやさしいお人や。けど、偽りの人別をこしらえてお上を謀《たばか》るとは、恐ろしい真似をしはりますなぁ」

やけに楽しげな愁介を綾太郎は睨みつけた。

「……その話が本当だという証《あかし》はあるのか」

「古い話ではっきりした証はあらしまへん。けど、手前とお玉さん、どことのう似てると思いまへんか」

確かにどちらも整った顔立ちをしているが、血がつながっているという証にはならない。黙って睨み続けていたら、相手は小さくかぶりを振る。

「どうしても証が欲しいと言わはるのなら、確かな証を探してもよろしおす。けど、そないなことをして困ったことになるのは桐屋さん、引いてはお玉さんやと思いますけど」

さらには天乃屋にも累が及ぶと言われ、綾太郎はきものの上から己の腿《もも》に爪《つめ》を立てる。こちらの困惑を楽しむように愁介が言った。

「若旦那もお気の毒なことや。桐屋さんに騙《だま》されて」

「どういうことだ」

「人別を偽っている家の娘を娶《めと》ったところで、大隅屋さんにはいっこもええことあらしまへんやろ。そやから、手前は桐屋さんに言いましたんや。綾太郎さんの代わりにこの愁介がお玉さんをもらいますって」

「何だと」

「元はと言えば、祖父の妹が親の意に背いて駆け落ちしたんが始まりどす。お玉さんが井筒屋の嫁として戻ってくれれば、元の形に収まります」

おかしな理屈を述べる相手は獲物を狙う蛇のような油断のならない目つきをしている。綾太郎は背筋を這《は》い上る寒気と闘いながら、腿の上に置いた手から苦労して力を抜いた。

「あんたの話はこれっぽっちも信じられないね。万にひとつ本当だったとしても、悪いのは駆け落ちをして人別を偽ったお玉の祖父母じゃないか。どうして孫のお玉がその尻拭《しりぬぐ》いをしなくちゃならないんだい」

「親の因果が子に報いるのは昔からの習わしや。こっちも身内に駆け落ち者がおるなんて、できれば騒ぎとうおへん。なるたけ穏便に離縁してもらわれへんやろか」

愁介はそこまで言って、「よう考えてみなはれ」と声をひそめた。

「井筒屋にとって桐屋の初代は身内やけど、世間から見れば親の意に背いた挙句、にせの人別でお上を欺いた罪人どす。その罪人の血をお玉さんは引いてはる。そして、その血はお玉さんと若旦那の間に生まれた子にも引き継がれます。この先ずっと、大隅屋の身代が続く限り」

「やめろっ」

綾太郎は堪《こら》えきれずに立ち上がり、愁介を怒鳴りつける。愁介は目を細めて綾太郎を見上げた。

「せっかく古着の施しで名を上げはった大隅屋さんや。若御新造が駆け落ち者の孫やなんて瓦版に書きたてられたら、今までの苦労が水の泡になりますえ」

露骨に脅しをかけられて、綾太郎はぴんときた。

悪意に満ちた瓦版の狙いは大隅屋の名を貶めることではなかったのだ。嫁と姑の醜聞が広まれば、世間の目を憚《はばか》ってお玉を離縁すると踏んだのだろう。

しかし、思い通りにならなかったため、業を煮やした愁介は秘中の秘を明かすことにしたらしい。

「お玉さんはえらいおばあさん子やったと聞いとります。こないな話を聞かされたら、さぞつらい思いをしはるはずや。手前も血ぃのつながったお人を傷つけとうない。黙って去り状を書いてくれはったら、余計なことは言わしまへん」

何が「血ぃのつながったお人を傷つけとうない」だ。本心からそう思うなら、一生黙っていればいい。思い切り睨みつけてやったが、愁介はまるで動じなかった。

「綾太郎さんならいくらでもいいお相手がいはります。お玉さんも初めから手前の嫁になっていれば、こない揉《も》めずにすんだのに。桐屋さんもひどいお人や」

相手の言葉をみなまで聞かず、綾太郎は座敷を出る。目には見えない蛇《くちなわ》が首に巻きついている気分だった。

四

無言で井筒屋を飛び出すと、手代の俊三が追ってきた。

「若旦那、どうなすったんです。お顔の色が真っ青ですよ」

「あ、ああ、急に寒気がして」

「それはいけません。すぐお店へ戻りましょう」

さっきまで暑い暑いと言っていたから、俊三が心配するのも無理はない。

だが、店に帰ればお玉がいる。何も知らない妻に会ったら、言わなくていいことを口走ってしまいそうだ。

初めて会ったときから愁介がやけにお玉を気にするとは思っていた。ひょっとして何かあるのかと勘繰ったこともあったけれど、まさかお玉の祖母が駆け落ち者で、井筒屋の娘だったとは。

——人別を偽っている家の娘を娶ったところで、大隅屋さんにはいっこもええことあらしまへんやろ。そやから、手前は桐屋さんに言いましたんや。綾太郎さんの代わりにこの愁介がお玉さんをもらいますって。

手段を選ばない井筒屋のことだ。江戸一番の両替商、後藤屋に近づく術《すべ》を探すうち、お玉に辿《たど》り着いたのだろう。そして桐屋の素性を調べ、自分たちとの因縁に気が付いたに違いない。

さっきまではあれほど騒がしく感じたのに、今は周囲の物音がやけに遠く感じられる。ほんのちょっとでも気を緩めれば、膝《ひざ》からくにゃりと崩れそうだ。

このままではいけないと綾太郎は決心した。

「あたしはこれから駕籠《かご》を拾って大伝馬町《おおでんまちょう》の桐屋に行く」

突然の言葉に俊三は目を丸くしたが、すぐに首を縦に振る。

「では、お供させていただきます」

「いや、おまえは先に戻っておくれ。あたしがどこに行ったか聞かれても、決して答えるんじゃないよ。井筒屋に呼ばれて立ち寄ったこともだ」

「具合の悪い若旦那をひとりになんてさせられません。井筒屋の主人に何を言われたんです。他言するなとおっしゃるなら、決して他人には話しません。ですから、手前に本当のことを教えてくださいまし」

俊三を信じていない訳ではないが、事はお玉の出自に関わる。綾太郎は首を横に振り、手代の目をじっと見つめる。

「おまえは心配しなくていい。あたしの言った通りにしておくれ」

「ですが」

「今から桐屋にうかがうのは、伝え忘れていた大事なことを思い出したからさ。井筒屋には……嫌みを言われただけだから」

手代は眉を寄せたものの、それ以上食い下がりはしなかった。

俊三と別れた綾太郎は辻《つじ》駕籠に乗って大伝馬町の桐屋に向かった。両国からさほど離れていないため、四ツ（午前十時）過ぎには妻の実家に着くことができた。

「これは綾太郎さん、ずいぶん急なお越しですね」

突然の婿の来訪に桐屋の主人、光之助はとまどいを隠さない。綾太郎は舅の顔を穴が開くほど見つめてしまった。

四十は過ぎているはずだが、後藤屋の娘に見初められた男ぶりは健在である。もし愁介の話が本当だったら、光之助と京の井筒屋の主人は従兄弟同士、愁介とも血がつながっていることになる。

──手前とお玉さん、どことのう似てると思いまへんか。

男と女で比べるより、男同士のほうが似ているところを探しやすい。切れ長の目や鼻筋が通っているところは似ているような気もするが、女が喜ぶ男前はどれも似たような顔立ちだ。余一だって顔のつくりは愁介とよく似ていた。

他人の空似ってこともある。ちょっと似ているっていうだけじゃ、何の証にもなりゃしないよ。

黙ってそんなことを思っていたら、光之助は不安を覚えたらしい。「もしや、お玉の身に何か」と、にわかに表情を険しくする。

「いえ、そういう訳ではないのですが」

綾太郎は言葉を濁し、言うべき言葉を考える。

どれほど聞きづらくてもここではっきりさせなければ、自分は何も手につかない。

綾太郎は覚悟を決めて舅を見た。

「いきなり押しかけまして申し訳ありません。実は、桐屋のおとっつぁんにどうしてもうかがいたいことができまして……人払いをお願いできますか」

こちらの差し迫った様子に感じるところがあったのだろう。光之助は表情を引き締め、二人きりになってくれた。

「あの、おっかさんは」

「お耀は陽太郎《ようたろう》を連れて後藤屋に行っている。夕方にならないと戻らないが、それだと都合が悪いかい」

いや、むしろ都合がいいと綾太郎はほっとした。光之助が駆け落ちした夫婦の倅《せがれ》かもしれないなんて、お耀にはとても聞かせられない。

大きく息を吐き出せば、光之助が身を乗り出す。

「それで、話というのは」

「さきほど、井筒屋さんに呼び止められて……お玉の祖父母、つまり桐屋さんの先代についていろいろとうかがいました」

「ほう、何と言っていましたか」

「それは」

愁介の言葉を信じれば、桐屋はすべて承知のはずだ。ここまで言えば察してくれると思っていたのに……ためらっていると、光之助がかぶりを振る。

「どうやら、私には言いにくい話のようだ。綾太郎さんはその話の真偽を確かめにいらしたのですか」

「……はい」

固唾《かたず》を呑《の》んで返事を待てば、ややして舅が口を開く。

「綾太郎さんが何を聞いたか想像はつきます。けれど、それは言いがかり、井筒屋の作り話です」

まっすぐ目を見て言い切られ、綾太郎は泣きたくなるほど安堵《あんど》した。

そうだ、後藤屋は娘の婿になる相手の身元をとことん調べているはずだ。人別を偽っているとわかれば、お耀が泣いて縋《すが》っても縁談は流れたはずである。

「許婚《いいなずけ》がいるにもかかわらず、井筒屋さんはどうしてもお玉を嫁に欲しいとしつこくおっしゃいまして。他人の妻になってしまえば諦《あきら》めるだろうと思っていたんですが、往生際の悪いお人です」

「そうだったんですか」

「後藤屋の血を引く娘というのは本当に厄介なものですな」

小さな呟きを耳にして綾太郎はどきりとする。父がお玉を跡継ぎの嫁に望んだのも井筒屋と同じ理由だった。

「ところで、私もひとつ聞きたいのだが」

「はい」

「もし、井筒屋が言った話が本当だったら……綾太郎さんはどうなさるおつもりだったんです」

「それは」

思いがけない相手の問いに綾太郎はうろたえる。井筒屋の話が嘘ならば、どうしてそんなことを聞く。

「井筒屋さんの話が本当であれば、お玉を離縁するおつもりでしたら……私からお願いいたします。今すぐ離縁してください」

「なぜそんなことをおっしゃるんです」

「子は親を選んで生まれることができません。祖父母のしたことで責めるような相手では、娘がこの先苦労します」

「おとっつぁん、それは」

「怪しげな瓦版も出回りましたし、私もお耀もお玉の今後を案じていたところです。大隅屋さんとはご縁がなかったのでしょう」

冷ややかな口調で言われ、綾太郎は相手の胸中を察した。

井筒屋の言ったことはやはり本当だったのだ。しかし、光之助は桐屋の主人として、お玉の親としてそれを認めることはできない。だから、別の理由をつけて「お玉と別れろ」と言っている。

「幸い、お玉はまだ身籠っていないのでしょう。どうか子ができる前に桐屋に帰してやってください」

「おとっつぁん」

とっさに声を上げたものの、続く言葉が出てこなかった。

――夫婦は離縁すれば他人だが、親子は一生、いや死んでも親子に違いはない。お玉が実家に帰っても、お玉とおまえの血を引く子が桐屋との縁、いや後藤屋との縁をつないでくれる。

――井筒屋にとって桐屋の初代は身内やけど、世間から見れば親の意に背いた挙句、にせの人別でお上を欺いた罪人どす。その罪人の血をお玉さんは引いてはる。そして、その血はお玉さんと若旦那の間に生まれた子にも引き継がれます。この先ずっと、大隅屋の身代が続く限り。

すべての子は親の血とやったことを否応なしに背負わされる。後藤屋の血が誉れなら、駆け落ち者の血は穢《けが》れか。ならず者ならいざ知らず、井筒屋は足利《あしかが》の御代《みよ》から続く老舗ではないか。

お玉は「おまえさんと一緒になってよかったです」と言ってくれた。その気持ちに報いるため「離縁などしません」と言いたいが――綾太郎はかすれた声で言う。

「……あたしの一存で決められることではありません。両親とよく相談の上、決めさせてもらいます」

「わかりました。お早いお返事をお待ちしております」

光之助はこういうことがあると覚悟していたのだろうか。特に苛立つ様子も見せず、静かに顎を引いた。

そして、綾太郎は大隅屋に戻った。

「おまえさん、ずいぶん顔色が悪いけれど、大丈夫ですか。俊三だけ先に帰して、どこに行かれていたんです」

よほど具合が悪そうに見えたのか、お玉が心配そうに寄ってくる。綾太郎は無理やり笑みを浮かべた。

「いや、大丈夫だよ。お得意様にちょっと無理を言われてね」

「そうなんですか」

「ああ、よく肥えた御新造さんから『着るだけで痩《や》せて見えるきものはないか』と言われてさ。まったく、好き勝手なことを言ってくれるよ」

口から出まかせを並べ立てると、お玉の眉間が狭くなる。

「本当にそれが理由ですか」

「あ、ああ」

「……あたしが浴衣を取り上げたせいじゃありませんよね」

「えっ」

愁介の話を聞いて、お玉の縫った浴衣のことなどすっかり忘れてしまっていた。本気でびっくりしていたら、お玉が恥ずかしそうな顔をする。

「いやだ、あたしったら。浴衣のことくらいでおまえさんの具合が悪くなったりするはずないのに」

「本当に大丈夫だよ。心配をかけてすまないね」

綾太郎は我知らずお玉の手を取っていた。

井筒屋に言われたこと、そして桐屋の光之助に言われたこと――恐らく父に打ち明ければ、お玉と離縁させられるだろう。

後藤屋の血は惜しいけれど、罪人の血はいらない。おまえはまだ若いのだから、他にいい相手がいると。

「ところで、おみつの様子はどうだい。少しは元気になったのか」

「今日はすごい勢いで母屋中を磨いておりました」

お玉はすぐに答えたが、話を変えた綾太郎を訝《いぶか》しんでいるのは明らかだった。しかし、聞いても無駄だと察したようで、裾《すそ》を引いて立ち上がる。

「ただ今、お茶をお持ちします」

労《いた》わるように微笑んでお玉が座敷を出ていく。綾太郎はひとりになってから、今までになく大きなため息をついた。

五

六月十一日の四ツ前、綾太郎はぼんやり帳場に座っていた。

「若旦那、手前の話を聞いていらっしゃいますか」

俊三に耳元で大声を出され、綾太郎はやっと我に返る。

「あ、ああ、俊三か。何だ」

「何だじゃございません。さっきから何度も申し上げております」

「え、何を」

目をしばたたいて聞き返せば、俊三がいつになく怒ったような顔をする。

「四谷の玉泉堂さんから使いが来て、御新造さんに贈る反物を若旦那に見繕って欲しいということでしたが……日を改めていただいたほうがよさそうですね」

「どうしてだい。あたしは大丈夫だよ」

ちょっとぼんやりしていたくらいで大げさなやつだ。異を唱えた綾太郎の前で手代はいらいらと畳を叩《たた》く。

「では、玉泉堂さんはどういうものをお望みか、おっしゃっていただけますか。手前は若旦那にさっきお伝えいたしました」

「いや、それは」

かけらも頭に残っていなくて綾太郎はうろたえる。どうやら何を言われても聞き流していたらしい。

「七日前からずっと心ここにあらずじゃありませんか。手前だけでなく、奉公人はみな心配しております」

「別に心配してもらわなくて大丈夫だよ。おまえからみなにそう言っておくれ」

「そういう台詞は人の話を覚えていてからおっしゃってください」

諦めたようにため息をつき、俊三が立ち上がる。綾太郎は思わず引き留めた。

「ちょっと、お待ちよ。玉泉堂さんはどういう品をお望みなのさ」

「それはもうけっこうです。若旦那は奥で休んでいてくださいまし」

「馬鹿なことを言うんじゃないよ。玉泉堂さんはあたしをお名指しなんだろう」

「では、逆にお聞きします。何を言ってもうわの空の若旦那が目の肥えたお客様をうならせることができるんですか」

間髪を容《い》れずに問い返されて、ぐうの音も出なかった。若い娘の見立てなら、適当に選んでも何とかごまかせるかもしれない。しかし、今回の相手は目利きで知られた玉泉堂の主人なのだ。

俊三の言う通り、帳場でぼんやりしているより奥にいたほうがいいのだろう。しかし、奥にはお玉がいる。いっそ、どこかに出かけるかと綾太郎は立ち上がった。

「ちょっと出かける」

どこへと言わなかったのは、自分でもどこに行くのかわからないからだ。とりあえず店を出て日本橋へと歩き出す。

考えても、考えても、どうしていいかわからない。

桐屋が人別を偽っていることが表沙汰《おもてざた》になれば、大隅屋の看板にも傷がつく。六代目孫兵衛を名乗る身が店の名を汚す真似はできない。

だが、はっきりした証はないと井筒屋だって認めている。このまましらばっくれていれば、なかったことにならないか。

駆け落ちしたお玉の祖父母も偽りの人別を用意したらしい天乃屋の先代もすでにこ

の世を去っている。愁介は「瓦版に書く」と言ったけれど、桐屋を罪人にすることは後藤屋の娘であるお玉の母をも貶める。できるだけ穏便にすませたいのは、むこうだって同じのはずだ。

だから「聞かなかったことにしておけ」といくら己に言い聞かせても、次々不安が湧《わ》いてくる。同時に「お玉と一緒にならなければ」と恨みがましく思ってしまう。

今すぐお玉を離縁すれば、こんな不安から解き放される。子供ができてしまったら、たやすく縁は切れなくなる。

けれど、井筒屋の思い通りになるのはどうしても嫌だった。

――世の中には、妻の気持ちを蔑ろにする夫が多いんです。妻がどんなに尽くしても気に入らなくて、手を上げることもあるんだとか。

愁介なんかと一緒になれば、お玉はきっと不幸になる。そもそも、思い合っている夫婦がどうして別れなければならないのか。

「お玉が後藤屋の血筋じゃなくて、あたしが大隅屋の跡継ぎじゃなければ……こんなことで悩まなくてもよかったのに」

大店が建ち並ぶ通町を歩きながら、綾太郎はひとりごちる。そこへ、はす向かいの菓子司《かしどころ》、淡路《あわじ》堂《どう》の主人が追いかけてきた。

「大隅屋さんに行ったら、綾太郎さんは今さっき出かけたところだと言われてね。いや、追いついてよかったよ」

恰幅《かっぷく》のいい相手は額に汗を光らせている。大店の主人を走らせてしまったことを申し訳なく思いつつ、綾太郎は内心首をかしげた。

店はすぐそばなのだから、また出直せばいいだけだ。わざわざ追ってくるなんてよほど急ぎの用なのか。

「あたしに何か」

「ああ、ぜひとも綾太郎さんに頼みたいことがある。すまないが、店に戻って私の話を聞いてくれないか」

どこへ行くという目当てがあった訳ではない。綾太郎はうなずいて、今来た道を淡路堂の主人と共に引き返した。

「申し遅れましたが、このたびはお三和《みわ》ちゃんの縁談がまとまったそうですね。まことにおめでとうございます」

母屋の座敷に落ち着くなり、綾太郎は頭を下げる。淡路堂は疲れた様子で微笑んだ。

「そのことで綾太郎さんにお願いがあるんだよ。お三和が結納で着る振袖をおまえさんに選んで欲しい」

「あたしでよろしいんですか」

兄の平吉によれば、お三和は綾太郎に惚れていたという。ためらっていると淡路堂がうなずいた。

「お三和と一緒になる相手が誰か、平吉から聞いているかい」

「ええ、蔵前《くらまえ》の札差《ふださし》の次男坊で、むこうからぜひにという話だったそうですね」

ついでに持参金がすごいとも聞いていたが、それについては触れずにおいた。すると、淡路堂が顔をしかめる。

「あいつは本当にいくつになっても……お三和が自分のせいでどれほど迷惑しているか、まるでわかっちゃいないんだから」

呟く声はやけに苦々しく、綾太郎は驚いた。

「ひょっとして、お三和ちゃんは相手を嫌っているんですか」

「いや、そういう訳じゃない」

淡路堂の主人はかぶりを振り、「本当はおまえさんに聞かせるような話じゃないんだがね」と額を押さえた。

「平吉を婿に出すとき、それなりに持参金が必要だったんだよ。犬猫をくれてやる訳じゃないんだから、それは仕方がないんだが」

手元の金が減ったときに思いがけない面倒が起こった。淡路堂が宴《うたげ》の土産として納めた菓子に虫が入っていたというのである。

「うちの職人は断じてそんな不手際をしない。だが、大身《たいしん》旗本の用人に『どうしてくれる』とすごまれて、言い返すことができなかった。下手に事を荒立てておかしな噂が広まるよりはと、高額の見舞金を差し出す羽目になったのさ」

金に困った旗本が強請《ゆすり》まがいの真似をすると聞いたことはあったけれど、まさか身近でやられているとは思わなかった。目を瞠る綾太郎から相手は気まずげに顔をそむける。

「そんなとき、杉田屋さんを通して話があったんだよ。札差の次男坊で、お三和に似合いの相手がいるとね」

札差は商人とはいえ、客は旗本御家人である。時には刀をちらつかせる相手とやり合うため、並みの商人より居丈高《いたけだか》なところがある。ただし儲《もう》けは非常に大きく、派手に遊ぶ者も多かった。

「綾太郎さんも知っての通り、お三和は引っ込み思案でおとなしい娘だ。お座敷遊びに慣れた札差の息子とうまくやれるとは思えない。すぐにも断りたかったけれど、喉から手が出るほど金は欲しいし、紹介してくれた杉田屋さんの顔もある。私は迷った末に、お三和に洗いざらい事情を打ち明けたんだよ」

惣領《そうりよう》の平吉が頼りないせいで、お三和にはただでさえ重荷を背負わせている。これ以上の無理強いは親として忍びない――そう思っていたのに、「あたしに異存はありません」とお三和は承知したという。

「その言葉を聞いたとき、私は心の底から後悔した。たとえ平吉の代で淡路堂が潰《つぶ》れたとしても、父親として娘のしあわせを一番に考えるべきだったと。あの子の望み通りおまえさんと一緒にしてやれば、きっとしあわせになれたんだ」

「おじさん」

「桐屋さんとの縁談がまとまる前に、孫兵衛さんとそれらしい話をしたことだってあるんだよ。平吉さえもっとしっかりしていれば……お三和には兄ばかりか父親の尻拭いまでさせちまった」

自責の念に耐えかねたのか、淡路堂が畳に両手をつく。綾太郎はためらいがちに異を唱えた。

「そんなに思い詰めなくてもいいんじゃありませんか。あたしとお玉だって相手のことは何も知らずに一緒になりましたが、それなりにうまくやっています。平吉から聞いた話だと、お相手は甘いものに目がなくて、江戸中の菓子屋に詳しいそうじゃありませんか。菓子に詳しいお三和ちゃんときっと話が合いますよ」

何とか慰めようとしたら、淡路堂が皮肉っぽく口を歪める。

「自分だってさんざん遊んだくせに、あいつは何をとぼけたことを。それとも、本気で言っているのか」

「あの、どういうことですか」

綾太郎が首をかしげると、淡路堂は嘆息した。

「男が菓子を買うのは自分で食べるためとは限らないだろう」

「え、それじゃ」

「遊び慣れた男は手ぶらで女の家には行かない。お三和の相手が好きなのは、甘い菓子を手土産に女のところへ行くことさ」

その結果、江戸中の菓子屋に詳しくなったのなら、晩生《おくて》のお三和にふさわしいとは思えない。一方、兄の平吉はしばしば実家に顔を出して婿入り先の愚痴を妹にこぼしているそうだ。

「お三和はうちの内証が苦しいのを知って、『花嫁道具は質素でいい』と言うんだよ。家から出ていく訳ではないから見栄を張らなくても大丈夫だと。この振袖はあの子に対するせめてもの罪滅ぼしなんだ」

道理で祝言が決まっても、お三和のきものを誂《あつら》えに店に来なかったはずである。うなだれる相手を見下ろしながら、綾太郎は複雑な思いを味わった。

娘のことを思うなら、店に金がないことを黙っているべきだった。縁談と一緒に打ち明ければお三和がどう答えるか、父としてわかっていただろう。

――あの子の望み通りおまえさんと一緒にしてやれば、きっとしあわせになれたんだ。

もしお三和と一緒になっていたら、怪しげな瓦版がばら撒《ま》かれたり、妻の出自で頭を悩ませることはなかったはずだ。しかし、お玉をいとしいと思うようにお三和を思うことはなかったと言い切れる。

そして、綾太郎はお玉に聞いた「天乃屋の家訓」を思い出した。

――どんなに大きな身代も安泰ということはない。だから一緒になる相手は家柄ではなく、身代をなくしてもついてきてくれる人を選べ。それが天乃屋さんの家訓なんですって。

聞いたときは「へえ」と思っただけだったが、今はこの家訓の意味がよくわかる。

苦しいときこそ助け合うのが夫婦なら、お玉の出自を知ってうろたえるほうが間違っている。綾太郎はそっと目を閉じ、すぐに開いた。

「わかりました。お引き受けします」

かつてお三和は綾太郎を思い、祝い菓子の餡《あん》入り落雁《らくがん》「錦《にしき》」を作ったという。それと同じ思いを返すことはできないけれど、幼馴染みとして一生に一度の晴れの姿を飾ってやりたい。遊び慣れた男が驚くような二つとない振袖をお三和に着せてやりたかった。

それから間もなくして淡路堂は帰っていった。座敷に残った綾太郎はお三和の頼りない姿を思い浮かべる。

大輪の花はありきたりだし、地味なお三和に似合わない。扇子、貝合わせ、鶴《つる》、青海波《がいは》……おめでたい柄をあれこれ並べてみたものの、どれも何かが違う気がする。

地味で目立たないけれど、誰よりも芯《しん》が強くて泣き言を言わない。身勝手な親や兄を恨むことなく、静かに身内を支えている——そういうお三和にふさわしい振袖は果たしてどんな柄か。じっと畳を睨んでいたら、ふと余一の顔が浮かんできた。

いや、今度ばかりはあいつの手を借りる訳にはいかないよ。おみつを振った職人をお玉は許していないんだから。

座敷に座り込んだまま綾太郎は昼も食べずに考え続け——七ツ（午後四時）の鐘が鳴り終わると、勢いよく立ち上がった。

六

飛脚《ひきゃく》に駕籠かき、町火消しなど、世の中には「走るのが仕事」という連中がけっこういる。

だが、若旦那をしているとめったなことでは走らない。櫓長屋に駆けつけたとき、綾太郎は息も絶え絶えだった。

「……よ、よ、余一、いるかい」

「今日はいったい何の用だ」

余一はいつも以上に迷惑そうだったものの、今にも倒れそうな綾太郎を渋々中に入れてくれた。

「若旦那が走るとはめずらしいこともあるもんだ。せっかく梅雨が明けたのに、また雨が降るんじゃねぇか」

「……な、何とでも、言えばいいさ……とこ、ろで……」

息切れしつつも話そうとしたら、水の入った湯呑《ゆのみ》を差し出された。

「まずは息を整えてくれ。死にかけの病人よろしく息も絶え絶えに話されると、こっちのほうが落ち着かねぇ」

ずいぶんな言われようだが、もらった水はうまかった。ややして息が整ってから綾太郎は考えた。

普通に用件を切り出しても、へそ曲がりの職人は素直に「うん」と言わないだろう。まずは違う話をして、断ることができないように外堀を埋めたほうがいい。

とはいえ、何の話をすれば……焦った綾太郎は一番気になっていたことを聞いてしまった。

「本気でお糸ちゃんを諦める気かい」

口にした瞬間、綾太郎はしくじったことに気が付いた。あぐらをかいていた余一が怒りもあらわに立ち上がったからだ。

「若旦那には関わりねぇ。用がそれなら帰ってくれ」

「い、いや、あたしはお糸ちゃんのことが心配で」

「だったら、だるまやへ行けばいい」

言いざま、思い切り肩を押されて上《あが》り框《がまち》から転げ落ちる。土間に手をついた綾太郎は眉をつり上げて立ち上がった。

「いきなり何をするんだいっ」

「そっちこそ余計なことに首を突っ込むんじゃねぇ」

余一は上り框の上に立ったまま、さながら仁王のごとく見下ろしている。初めて目にする激しい怒りに綾太郎の頭がにわかに冷える。

「あ、あたしはおまえさんのことだって心配しているんだよ。ほら、いろいろ世話になっているし」

きものについた汚れを払い、綾太郎は声の調子を落とす。だが、相手の怒りは収まらなかった。

「そう思うなら、金輪際その面を見せんじゃねぇ」

「頼むから、ちょっと落ち着いておくれ。あたしは」

「ごちゃごちゃ言わずに、とっとと帰れっ」

いきなり突き飛ばされた上に立て続けに怒鳴られて、元々丈夫とは言い難い堪忍袋の緒が切れる。

人が下手に出ていれば、調子に乗ってくれるじゃないか。ここまで言われて引き下がったら、江戸っ子の名が泣くってもんだよ。

「ふん、惚れた女には何も言えない弱虫のくせに、あたしの前じゃずいぶん威勢がいいんだね」

狭い土間で両足を踏ん張り、余一の顔を睨みつける。そして、言い返される前に二の矢を放った。

「あたしは去年、言ったはずだよ。相惚れならさっさとくっついちまいなって。おまえさんがもたもたしているから、礼治郎なんて野郎がしゃしゃり出てくるんじゃないか」

「うるせぇ、おめぇに何がわかる」

「お糸ちゃんはあたしに言ったんだ。たとえ一緒になれなくてもおまえさんが好きだって。そこまで惚れた相手に別の男をあてがわれたら、どんなに情けない思いをするか。ちったぁ考えてごらん」

「その減らず口をとっとと閉じろ。さもないと」

綾太郎の言葉を遮って余一が叫ぶ。

殺気立った表情に身体が震えかけたけれど、江戸っ子はやせ我慢が身上だと綾太郎はさらに言い返した。

「ど、ど、どうしようっていうんだい。あ、あたしゃ惚れた女に思いを打ち明けられないような腰抜けに負けたりしないよっ」

「好きで打ち明けなかった訳じゃねぇっ。あんな親じゃなかったら」

売り言葉に買い言葉、悲痛な声に驚いて綾太郎は目を瞠る。余一も口走ってからすぐに我に返ったらしい。尻餅《しりもち》をつくように音をたてて座り込むと、そのまま顔を伏せてしまった。

天涯孤独と聞いていたので、余一の親の素性なんて一度も気にしたことはない。とはいえ、たとえ捨て子であっても血のつながった親はいる。そう思い当たったとたん、父と愁介の声がよみがえった。

――夫婦は離縁すれば他人だが、親子は一生、いや死んでも親子に違いはない。お玉が実家に帰っても、お玉とおまえの血を引く子が桐屋との縁、いや後藤屋との縁をつないでくれる。

――井筒屋にとって桐屋の初代は身内やけど、世間から見れば親の意に背いた挙句、にせの人別でお上を欺いた罪人どす。その罪人の血をお玉さんは引いてはる。そして、その血はお玉さんと若旦那の間に生まれた子にも引き継がれます。この先ずっと、大隅屋の身代が続く限り。

どいつもこいつも二言目には親だ、血だってうるさいんだよ。

綾太郎はこぶしを握り、下っ腹に力を込めた。

「人を見くびるのもたいがいにおしっ。心底惚れてりゃ、相手がどんな血を引いていたって構うもんか」

怒りに任せて一喝すれば、余一がのろのろと顔を上げる。その目はびっくりしたように見開かれていた。

「おまえさんは親に育ててもらった訳じゃないんだろう。それなのに、親の不始末だけ背負わされるなんておかしいと思わないのかい」

「……昔から血は争えねぇと言いやす。おれが父親と同じことをしないって保証はねぇ」

「床下のねずみじゃあるまいし、血ぃ、血ぃってうるさいね。そんなに血が大事なら、お糸ちゃんを必ずしあわせにしますと起請文《きしょうもん》を書いて血判でも押しておやり。そうすりゃ、気がすむだろう」

「おれが言ってるのはそういうことじゃねぇ」

「だったら、おまえさんの身体の血をすべて取り換えられるのかい。そんなことができるなら、あたしにもやり方を教えとくれ」

そうすれば、お玉から後藤屋の血も井筒屋の血も取り除いてやれる。勢いよくまくしたててから綾太郎は上り框に腰を下ろした。

「水っ」

頭ごなしに命じれば、余一は毒気を抜かれたらしい。無言で土間に下りてもう一度湯呑に水を汲《く》んでくれる。綾太郎はそれを飲み干して、隣に座った余一を見る。

「惚れた相手と一緒になるのが女のしあわせってもんだろう。それにおまえさんがお糸ちゃんとくっつかないと、おみつも引っ込みがつかないよ」

「どうしておみつが出てくるんだ。あいつは関係ねぇでしょう」

「え、だって」

この前、おみつを袖にしたばかりじゃないか——そう続けるつもりだったが、危ういところで思いとどまる。お玉の大事な奉公人は余一に浴衣を差し出すどころか、思いを告げることさえできなかったらしい。

いつも強気なことばかり言うくせに、ここ一番で怖気《おじけ》づくとは。おみつと余一は案外似た者同士だったようだ。

「なるほどね。道理であたしが苦手な訳だ」

「ひとりで納得してねぇで、わかるように言ってくだせぇ」

むっとした顔で聞いてから、余一は思い出したように呟いた。

「そういや、おみつにも若旦那と同じことを言われたっけ」

「へえ、何て言われたのさ」

「……お糸ちゃんを見くびるなって」

さっき「見くびるな」と言ったのはお糸のことではないのだが、おみつはおみつでそんなことを言ったのか。

だとしたら、ますます説明なんかできやしない。お玉の大事な奉公人は土壇場で恋より幼馴染みを取ったのだ。

「つまり、お糸ちゃんは強いから、ちょっとくらい傷がついてもどうってことはないってことさ」

いささか乱暴なことを言えば、余一が片眉を撥ね上げる。綾太郎は腹の中でほくそ笑んだ。

「ちょっとくらい傷がついてもどうってこたねぇ。女ときものはいくらでも姿を変えて生き直せる。唐橋花魁《からはしおいらん》の道中のとき、おまえさんはあたしに言ったじゃないか。まさか、忘れたとは言わせないよ」

「若旦那、そりゃ」

「どんな傷や染みもうまい具合に始末するのがおまえさんの仕事だろう。惚れた女が傷ついたら、繕ってやればいいじゃないか。それくらいのこともできないようじゃ、きものの始末屋の名が泣くよ」

言い返すことができないらしく、余一が悔しそうに口をつぐむ。

とうとう一本取ってやったと腹の中で快哉《かいさい》を叫び、綾太郎はここへ来た本当の狙いを口にした。

「おまえさんに頼みたいことがあるんだけど、もちろん引き受けてくれるだろうね。嫌と言ったら、今の話をお糸ちゃんに教えるよ」

思い切り睨みつけられたって今は少しも恐ろしくない。綾太郎はあふれる笑いを抑えることができなかった。

それから三日後の六月十四日、綾太郎は余一と共に淡路堂へ行き、お三和のために考えた振袖の雛形《ひながた》を差し出した。

「これは……笠松《かさまつ》だね」

「はい」

意外そうな呟きに綾太郎は大きくうなずく。お三和の見た目と人となりを余一に伝え、松の柄にすると決めるまでが大変だった。

――本人が地味でも、結納のきものなら派手なほうがいいんじゃねぇか。

――でも、お三和ちゃんは身体も細いし、とっても頼りない見た目なんだ。あんまり豪華な振袖じゃ、きものに人が負けちまうよ。

——だったら、柄を小さくすりゃいい。

——それじゃ、きものが地味になる。さっき、結納のきものは派手なほうがいいって言ったじゃないか。

——それに反対したのはそっちだろう。

言い争った後のせいか、すぐに喧嘩腰《けんか》になる。昨日の夜、納得のいくものが描き上がったときはうっかり涙が出そうになった。

「松はおめでたい柄だけれど、それだけでは地味だろう。お三和は大人しい見た目だし、振袖は派手なほうがいいんじゃないかい」

やはり、淡路堂もそこが引っかかっているらしい。

余一が描いた振袖の雛形は、萌黄《もえぎ》の地に赤や青や白の笠松が漂う雲のように配されている。彩りはかなりにぎやかだが、柄としてはいたって地味だ。

「竹や梅も加えて松竹梅にしたほうがよりいっそう華やかだし、縁起もいいと思うがね」

「おっしゃることはわかりますが、それじゃありきたりの振袖になっちまいます。この振袖は松だけだからいいんですよ」

「それはそうかもしれないが……どうして松だけにしたんだい」

「あたしの知っているお三和ちゃんは、吹きつける強い風に黙って耐えるけなげな松の木だからです」

大輪の花のような華やかさはない。柳のようなしなやかさもなければ、檜《ひのき》のような豪胆さもない。それでも変わらずそこにあり、強風から周りを守っている——綾太郎の説明に淡路堂がうなった。

「扇面松《せんめんまつ》に五葉松《ごようまつ》……縁起のいい松の模様はいろいろありますが、中でも雨風を遮る笠の松がお三和ちゃんにふさわしいと思いまして」

「耳が痛いね」

父親の口から漏れたのは低くかすれた呟きだった。どうやら、娘に対する後ろめたさを思い切りえぐってしまったらしい。

救いを求めて余一を見れば、職人はようやく言葉を発する。

「松は新春を迎える木、歳神《としがみ》様の宿る木だ。この振袖を着たお嬢さんを神様が守ってくれやすよ」

「だといいんだが……」

「お三和ちゃんはしっかりしていますし、淡路堂から出ていく訳じゃありません。婿が困った人だったら、おじさんが守ってあげてください」

励ますつもりで口にすれば、淡路堂は黙り込む。急に老け込んだその姿を綾太郎は
やりきれない思いで見つめた。

去年、「星花火《ほしはなび》」のきもので言い合ったときは、あんなに堂々としていたのに。商いがうまくいかなくなると、こんなにも影が薄くなるのか。

――昔から血は争えねぇと言いやす。おれが父親と同じことをしないって保証はねえ。

余一が何を恐れているのか知らないけれど、平吉が父親に似ていたら淡路堂は安泰だったろう。お三和の辛抱強さだって父親譲りとは言い難い。

もし財を成した初代の才が子や孫に必ず継がれるなら、商いをしくじって潰れる大店はないはずだ。親とは似ても似つかないぼんくらが生まれてしまうから、暖簾《のれん》を守るのは難しい。

お三和ちゃんも大変だとこっそりため息をついたとき、余一が顎に手を当てた。

「松だけじゃさびしいとおっしゃるなら、帯で隠れるところに『幸』の字を入れやすか」

「ふん、幸いをまつ、か」

気休めにもならないと言いたげに淡路堂が苦笑する。すると、余一は首を左右に大

きく振った。

「いえ、幸いがまつ、でさ」

「えっ」

「身内のために我が身のしあわせは後回しにする……そういうお人が報われないはずがねぇ。後はまつだけでしあわせになれる。おれはそう思いやす」

余一の言葉に淡路堂は目を瞠り、再び振袖の雛形に目を落とす。綾太郎は口を開けて余一を見つめた。

そんなの両国の「ひとくい大ざる」と一緒じゃないか。とっさにそう思ったものの、すぐに考えを改める。

江戸っ子は火と杭と大笊に笑って木戸銭を払うのだ。「幸」の字と松の柄で「幸いがまつだけ」のどこがおかしい。

淡路堂も同じ思いらしく、ややして深くうなずいた。

「なるほど、結納にはもってこいの振袖だ。綾太郎さん、この絵の通りに頼みます。おまえさんの見立てと知れば、お三和も喜ぶでしょう」

「はい、一流の職人に染めさせます。仕上がりを楽しみにしてください」

力強くうなずくと、淡路堂の顔に以前のような晴れ晴れとした笑みが浮かんだ。

糸の先

一

一膳飯屋《いちぜんめしや》、だるまやを始めたという祖父にお糸は会ったことがない。お糸がこの世に生まれる前、父が二十歳のときに亡くなったからである。自分の父の父親にことさら会いたい訳ではないが、今は聞きたいことがあった。

「ねぇ、おとっつぁん。だるまやって名前は死んだおじいさんがつけたんでしょ」

「ああ」

「どうしてだるまやにしたのかしら」

お糸は床几《しょうぎ》を拭《ふ》きながら、調理場の父に話しかける。店が狭くて助かるのは、どこでも声が聞こえることと掃除がすぐに終わることだ。

「やっぱり何事も辛抱が大切だって言いたかったのかしら。それとも、縁起かつぎのつもりとか」

「何でぇ、藪《やぶ》から棒に。何だってそんなことが気になり出した」

竈《かまど》の前で火の加減を見ていた父が腰を伸ばして振り返る。怪訝《けげん》そうな顔つきにお糸はたちまちまごついた。

「特にきっかけがある訳じゃないの。ただ何でかしらと思っただけで」

本当は余一が施しただるまの洒落紋《しゃれもん》のせいだけれど、そんなことは父に言えない。娘の気持ちを知りながらそっぽを向いた職人に、「二度とうちの敷居を跨《また》ぐんじゃねぇ」と怒りとこぶしをぶつけた人だ。お糸は顔をこわばらせ、「何となく思っただけよ」と言い訳がましく繰り返す。

天乃屋の若旦那《わかだんな》、礼治郎の母が結納で着たという紫苑《しおん》色の振袖《ふりそで》は今のところお糸が預かっている。その背に余一はだるまの洒落紋を刺繍《ししゅう》したのだ。

お武家と違い、町人はちゃんとした家紋があるほうが少ない。長屋の住人は紋付なんてほとんど持っていないから、改まった席に呼ばれたときは大家に紋付を借りていく。肝心なのは紋ではなく、紋付を着ていることだった。

うちがだるまやじゃなかったら、余一さんだって洒落紋を振袖に入れられなかったはず。世間によくある「伊勢屋《いせや》」とか「八百久」なら、それこそ手も足も出なかったのに……。八つ当たりだとわかっていても、自《おの》ずと口の先が尖《とが》る。

「だるまなんて食べ物の商いとは何の関《かか》わりもないでしょう。それとも、おじいさんはだるまが好きだったの」

「俺が親父《おやじ》から聞いたのは、商いは七転び八起きだとさ」

父は鍋《なべ》をかきまわしつつ娘の問いに答えてくれる。「どういうこと」と尋ねれば、再びこっちに顔を向けた。

「商売をしていれば、いいときも悪いときもある。肝心なのはいいときじゃなく、悪いときに踏ん張ることだ。おめぇのじいさんは『転びっぱなしで終わるもんか』って思いを込めて、己の店をだるまやと名付けたのさ」

いつもと変わらぬ表情で言い、父は鍋の中身を味見してから小さくうなずく。お糸は「そうなんだ」と呟《つぶや》いて、足元の桶《おけ》を持ち上げた。人通りが多くなる前に、店の前を掃き清めておかねばならない。

このところ晴れが続いているので地べたは乾ききっている。小さな店の前の掃除は苦もなく終わってしまうけれど、こんな店でも新たに暖簾《のれん》を上げるとなれば大変だったはずである。父は祖父の思いを知っていたから残された店を継いだのだろう。

それなのに、あたしったら……違う名がよかったなんて罰当たりな孫だったわ。店の前の地べたに打ち水をして、お糸は己の浅慮を恥じた。

たとえ店の名が違っていても、余一は何かしら振袖の始末をしたはずだ。それがきものの始末屋である余一の仕事なのだから。

「肝心なのはいいときじゃなく、悪いときに踏ん張ること、か」

お糸は箒《ほうき》を使う手を止めて聞いたばかりの言葉を口にする。この考えはどことなく天乃屋の家訓に通じる気がした。

――天乃屋の嫁にふさわしいのは、苦労知らずの箱入り娘ではありません。たとえ店が傾いても、夫を支えてついてきてくれる人です。

九年前、須田町の紙問屋に奉公していた礼治郎は落とした財布をお糸に拾われ、以来気にかけていたという。しかし、こっちはまるで覚えがないし、買いかぶられているとしか思えない。

浅草田原町《たわらまち》の紙問屋、天乃屋は世間に知られた大店《おおだな》である。母を人より早くに亡くし、習い事どころか行儀作法も知らない娘に似つかわしくない嫁ぎ先だ。おまけに、お糸は礼治郎にこれっぽっちも惹《ひ》かれていない。

それでも断っていないのは、余一にきっぱり振られたことと、父と己のこれからを考えてしまったためだった。

――俺はおめぇより先に死ぬ。そのとき娘の先行きをできれば心配したくねぇ。俺がいなくても大丈夫だと安心して死にてぇのさ。

父からそう言われるまで、お糸は父の死とその先を真剣に考えたことがなかった。余一と一緒になれないなら、ずっとだるまやにいればいいと愚かにも思い込んでいた。もしも父が亡くなったら、どうやって生きていけばいいのか。人並みに料理はできるけれど、修業を積んだ訳ではない。何より、自分がたったひとりで一膳飯屋をやっていけるとは思えなかった。

女は十七、八で嫁に行き、二十歳を過ぎれば年増《としま》と言われる。十九の娘の先行きに父が不安を募らせるのも当然のことだ。

おとっつぁんが早く嫁に行けって急《せ》かすはずよね。あたしが片付かない限り、肩の荷を下ろすことができないもの。

余一以外と一緒になるなら、お金のある人に嫁ぎたかった。そうすれば父の心配はなくなるばかりか、腰の痛みをこらえながら店を続けなくてすむ。

働き過ぎて命を縮めてしまうのは、母ひとりで十分だ。倅《せがれ》が長生きするためなら、たとえ店が潰《つぶ》れても祖父だって許してくれるだろう。

おとっつぁんはあたしのわがままを聞いて後添いをもらわずにいてくれた。ここで親孝行をしなくてどうするの。

頭はしきりと「天乃屋に嫁げ」と促すのに、心が嫌だと二の足を踏む。お糸は返事に迷った末に、余一が始末した振袖を持って礼治郎を訪ねた。

──あたしは若旦那のことをよく知りません。ですから、お返事はしばらく待っていただけませんか。

礼治郎は九年前からお糸を知っているというが、こっちは今年の四月に助けられたときが初対面だ。どういう気性で何を好むか、何ひとつわからない相手と一緒になるのは恐ろしい。

そして、「承知したときに改めて頂戴《ちょうだい》します」と振袖を返そうとしたところ、礼治郎は振袖を畳の上に広げた。

──なるほど、これが余一さんの始末したきものですか。確かに、生地に張りと光沢が戻っているが、それ以外に変わったところはないような……ああ、背にだるまの紋が入っているのか。

お糸のために余一がどんな始末をしたか、まったく知らされていなかったらしい。振袖を隅から隅まで眺め回し、礼治郎は首をかしげた。

──たいそうな腕前だと聞いていたので、別物のようになるとばかり思っていましたが……あまり見た目は変わりませんね。

期待外れと言いたげな相手にお糸は少なからずむっとした。

あたしが受け取らないと思ったから、余一さんは染め直したりしなかったのよ。

そう言いたいところだが、それならだるまの洒落紋を入れたり、人妻が手絡《てがら》に使いそうな縮緬《ちりめん》をお糸に寄越したりしないだろう。

しばらく返事は待って欲しいとたった今言ったばかりである。舌の根も乾かないうちに口ごたえをしてどうするのか。

すんでのところで呑《の》み込めば、礼治郎は目元を緩ませた。

――手前とのことを前向きに考えてもらえるのなら、この振袖はお糸さんが持っていてくれませんか。だるまの洒落紋の入ったこの振袖を着られるのは、お糸さんしかいませんから。

穏やかに言われて嫌とは言えず、お糸は振袖を持ち帰った。今は母の形見である宝尽くしの小袖と共に二階の行李《こうり》の中にある。

「……早く決心しなくちゃね」

母だって初恋の人を諦《あきら》めて父と一緒になったのだ。二人が結ばれていなければ、お糸はこの世に生まれていない。

おまけに母の惚《ほ》れた相手は悪党に成り下がっていた。母の初恋が実っていたら、どんな目に遭っていたことか。

おっかさんの形見のきものを着て余一さんと並ぶのが夢だったけれど、あたしはあの振袖が似合うように努めないといけないんだわ。

胸の中で呟いたとき、なつかしい母の声がよみがえった。

——糸はすべてをつなぐものだから。おまえがこの先いろんな人とつながっていけるように、お糸って名にしたんだよ。

母の気持ちはありがたいけれど、多くの人とつながるよりも余一とつながっていたかった——己の未練がましさにお糸は自嘲《じちょう》の笑みを浮かべる。

今日は七月二日、余一から振袖を受け取って二月《ふたつき》半が過ぎている。その間に何度か礼治郎から「親に会って欲しい」と言われたが、お糸は頑《かたく》なに遠慮した。

天乃屋の主人夫婦に気に入られても、気に入られなくても困ってしまう。どっちつかずのままがいいというこっちの都合はとっくに見透かされているだろう。それでも、礼治郎は決して嫌な顔をしなかった。

——父だって母と一緒になるために、五年も待ったんです。焦って答えを出そうとしなくたっていいんですよ。

やさしくされればされるほど、後ろめたさがますます募る。人から思いを寄せられるのがこれほどつらいものだとは……余一を思っていたときも胸が苦しくなったけれど、それとはまるで違う痛みだ。

惚れているのと嫌いでないのは、天と地ほども隔たりがある。

そうため息まじりに思ったとき、

「おい、お糸。手伝ってくれ」

「は、はい」

父に呼ばれて我に返り、お糸は店の中に戻った。

二

「玉の輿《こし》が決まったのに、お糸ちゃんはどうして元気がねぇんだろう」

「そりゃ、親父さんと離れるのがつれぇのさ。おっかさんが死んでから、父ひとり子ひとりでこの店をやってきたんだから」

「だがよ、天乃屋ほどの大店なら、清八さんごと引き取ってくれるんじゃねぇのかい」

「いや、それじゃお糸ちゃんの肩身が狭え。親父さんは隠居所を借りてひとり暮らしをするんじゃねぇか」

「器量よしの娘のおかげでのんびり遊んで暮らせるのか。まったく、うらやましい話だぜ。うちの娘ももっとべっぴんだったらなぁ」

「美人の娘が欲しかったら、嫁取りからやり直しな」

「なるほど、おめぇの言う通りだ」

「もっとも、そんな器量よしがおめぇに惚れる訳がねぇが」

「何だとっ」

だるまやの昼はいつだって騒がしい上に暑苦しい。特にお糸が天乃屋に嫁ぐという噂《うわさ》が立ってから、客の声は一段と大きくなった。

腹を空《す》かせた客たちは飯とおかずを交互にかき込み、その合間に唾《つば》を飛ばしてしゃべり続ける。一膳飯屋のだるまやは「しゃべるか、食べるか、どっちかにしろ」なんてうるさいことは言わないのだ。

最初のうちこそ、「まだ決まった訳じゃないわ」と打ち消して歩いたお糸だが、近頃は客が好き勝手に語るに任せていた。

梅雨《つゆ》入りが遅かった今年の夏はいつも以上に蒸し暑く、食の細ったお糸は目に見えて痩《や》せた。おかげで帯が前より余り、なかなか形が決まらない。父にも心配されてしまい、「もっと食え」とうるさく言われている。

それでも、店ではいつも通りに振る舞っているつもりだった。無駄口はしなくなったものの、客が来れば「いらっしゃい」と声を上げ、受けた注文を父に伝える。十歳《とお》からずっと続けているので、身体《からだ》と口が勝手に動く。

礼治郎はいい人だ。一緒になれば、きっと大事にしてくれる。この上ない良縁だと頭では思っているのに、どうしても心が沈んでいく。

若旦那に比べれば、余一さんなんてお金はないし、やさしくないし、てんでいいとこなしじゃない。そりゃ、見た目は男前だけど、年を取ったら誰だってみっともなくなるんだから。

そんなことを考え出すと、もうひとりの自分が異を唱える。

あたしは見た目で余一さんに惚れたんじゃない。あの人があたしのことをちゃんとわかってくれたから……おっかさんの形見のきものをきれいにしてくれたからよ。それに言うことはそっけないけど、根っこは誰よりお人好しなんだから。

頭の中の言い争いは日増しに激しくなるばかりで、いっこうに終わる気配を見せない。まさしくひとり相撲《ずもう》だと我知らずため息をついたとき、客のひとりが上目遣いにこっちを見た。

「やけにでっかいため息だな。ここんとこずっと顔色も悪いし……ひょっとして、できちまったのかい」

言われた言葉の意味がわからず、お糸はきょとんと客を見返す。すると、調理場から父が飛び出してきた。

「この野郎、うちの娘に何てことを言いやがるっ」

「そんなに怒らなくたっていいじゃねぇか。祝言の前にできちまうのは外聞が悪いかもしれねぇが、後々跡継ぎがどうのと言われなくてすむぜ」

「そうそう、めでてぇ話じゃねぇか」

「うるせぇっ。それ以上言うとただじゃおかねぇぞ」

父の剣幕と二人の客の薄笑いでようやく言われた意味を悟る。この二人はお糸が礼治郎の子を身籠《みごも》ったと思ったらしい。

「馬鹿なことを言わないで。あたしがそんな真似《まね》するはずないでしょうっ」

たちまち頭に血が昇り、お糸は声を荒らげる。だが、二人の客は下品な笑みを浮かべたままだ。

「おいおい、馬鹿ってこたぁねぇだろう。夫婦になったらすることだぜ」

「お糸ちゃんは早くに母親を亡くしているからなぁ。さては十九になっても詳しいことを知らねぇのか」

「そいつぁ、大変だ。何なら俺が教えてやろうか」

真っ赤になって怒るお糸が面白かったに違いない。客たちはさらに調子に乗り、いきり立った父は客の座っている床几を蹴《け》る。

「もう勘弁ならねぇ。勘定なんざいらねぇから、二度とその面を見せんじゃねぇっ」

「何だとっ。客に向かって何てぇ口を利きやがる」

「たかが一膳飯屋の親父がえらそうに」

客で埋まった店内に父と二人の客の怒鳴り声が響く。他の客はしゃべるのをやめ、事の成り行きを見守っている。面白がっている者もいれば、眉《まゆ》をひそめる者もいた。混み合う小さな店内で取っ組み合いはさせられない。ましてむこうは二人連れで、年だって父よりずっと若い。お糸は思い切り父の袖を引っ張った。

「おとっつぁん、お願いだからやめてちょうだい。あたしは気にしていないから」

「何を言ってやがる。俺は娘を虚仮《こけ》にされて、黙っているような腑《ふ》抜《ぬ》けじゃねぇ」

父の気持ちはうれしいし、二人の客には腹が立つ。それでも喧嘩《けんか》はさせられないと絡んだ客に目を向ける。

「二人とも悪気があって言った訳じゃないんだもの。ねぇ、そうでしょう」

「あ、ああ、まぁな」

「そっちがむきになるから、つい」

「これ以上の騒ぎは他のお客さんの迷惑になるわ。おとっつぁん、お願いだから怒らないでちょうだい」

本音は客のことよりも父のことが心配だった。言葉にできない娘の思いが見つめる目から伝わったのか、父が渋々引き下がる。

「おめぇが辛気臭《しんきくさ》い顔をしているから、痛くもねぇ腹を探られるんだ。もっとちゃんと飯を食え」

「ええ、そうね。心配をかけてごめんなさい」

父だけでなく絡んだ客にも頭を下げれば、むこうは気まずそうに黙り込む。間もなく父は調理場に戻り、食べ終えていた二人の客はそそくさと店を出ていった。

このところ、だるまやではこんな諍《いさか》いが起こりやすい。表向きは「めでたい、めでたい」と言いながら、常連客の何人かはお糸に冷ややかな目を向けていた。

――好きな人がいるからって、店の客にはなびかなかったくせに。大店の跡継ぎに言い寄られたら、とたんにその気になりやがる。えらそうなことを言っていても、金に釣られるそこらの女と変わらねぇな。

――器量のいい娘は計算高いぜ。

――だから、言っただろう。見た目で惚れるもんじゃねぇって。

――俺は女ってもんが信じられなくなっちまった。

かつてお糸に言い寄って袖にされた男たちは、腹立ちまぎれにそんなことを言い合っているらしい。

しかし、そう思われても仕方がない。もしも礼治郎が貧しかったら、今までの客と同じようにその場で断っていたはずだ。

――いくらお金を積まれても、妾《めかけ》になる気なんてかけらもないわ。考えただけで寒気がするもの。

店の常連だった伴吉《ともきち》の思い人、お鉄《てつ》が妾になろうとしたとき、お糸はことさら眉をひそめた。しかし、妾と妻という違いはあれど、金が目当てで好きでもない人に身を任せるのは同じである。かつて胸を張って言ったことが我が身に返ってくるなんて夢にも思っていなかった。

だって、仕方がないじゃない。あたしがいくら思ったところで、余一さんとは一緒になれないんだもの。お糸は客の膳を手早く片づけ、胸の中で言い訳した。

新しい麻の葉柄のきものを着た達平が久しぶりに顔を出したのは、客がちょうどいなくなったその日の八ツ（午後二時）過ぎだった。

「お糸ねえちゃん、聞いたぜ。玉の輿に乗るんだってな」

会うなりそんなことを言われ、お糸はとっさに顔をしかめる。まだ十一歳のくせに、達平は口だけ一人前だ。

「いったい誰から聞いたのよ」

「そんなの誰だっていいじゃねぇか。お糸ねえちゃんはおいらがもらってやろうと思ってたけど、相手が大店の跡継ぎなら仕方がねぇ。涙を呑んで譲ってやるか」

「もしもあたしが売れ残っても、達平ちゃんのお嫁さんになるつもりはないわ。安心してちょうだい」

つっけんどんに言い返せば、達平が口を尖らせる。

「何だよ、機嫌が悪いな。これからはいい暮らしができるんだろう。もっとうれしそうな顔をすればいいじゃないか」

「……達平ちゃん、あんた、あたしに喧嘩を売りに来たの」

生意気な口を叩《たた》いても悪気がないことはわかっていた。だが、聞き流すことができないくらいお糸の機嫌は悪かった。

「あたしがどこの誰と一緒になろうとあんたには関わりないでしょう。子供のくせに知ったふうな口を利かないで」

まともに睨《にら》みつけたとたん、達平の顔がくしゃりと歪《ゆが》む。

「おいらはねえちゃんのことを思って言ってんのに、関わりねぇはねぇだろう。お糸ねえちゃんのわからずやっ」

達平はそう言い捨てて、下駄《げた》を鳴らして駆けていく。

自分が余一から「関わりねぇ」と言われて傷ついたくせに、同じ言葉で子供を傷つけるなんてどうかしている。お糸はすぐに後悔したが、もはや取り返しがつかなかった。

「子供相手にあの言い方はねぇんじゃねぇか」

立ちすくむお糸の背後で父が咎《とが》めるように言う。自分でもそう思っていたから、返す言葉に困ってしまった。

「あの子は金で苦労をしている。おめぇが玉の輿に乗ると聞いて、本気で喜んでいたんだろう」

言われなくてもわかっていると胸の中で言い返す。そして、達平と知り合ったときのことと、店の前で赤ん坊を拾ったときのことを思い出した。

達平がだるまやの前に置き去りにした赤ん坊は、料理屋「加賀味《かがみ》」の亡き跡取りの血を引いていた。息子の死後に現れた孫を主人は認めようとしなかったが、余一が見つけた証《あかし》によって無事加賀味に引き取られた。

あのときは、こんな未来が待っていると微塵《みじん》も思っていなかった。

余一さんと一緒に赤ん坊の世話をして、いつか二人の子をこの手で抱けたらと思っていたのに……。

お糸は居ても立ってもいられなくなり、前掛けを外して飛び出した。

三

下谷《したや》広小路《ひろこうじ》に面している加賀味は加賀料理の店で、前田《まえだ》家の御家来が贔屓《ひいき》にしているという格式高い料理屋である。思い立った勢いで一年ぶりに来たものの、お糸は店の前でためらった。

今さらあたしが顔を出したら、それこそ強請《ゆすり》たかりかと思われるかも。御新造《ごしんぞ》さんはともかく御主人には嫌われているに違いないもの。

死んだ跡継ぎが修業先で女をはらませ、その女が江戸で行き倒れて死んだなんて、由緒ある料理屋にしてみれば隠しておきたいことだろう。前触れもなく押しかけたら、怪しまれても仕方がない。

あたしは余計なことを言うつもりはこれっぽっちもないし、ほんのちょっと孝太《こうた》ちゃんを見られるだけでいいんだけど。

心の中で言い訳しながら、お糸は店の裏に回る。しかし、ぐるりと板塀で覆われていて、中の様子はうかがいしれない。裏木戸の前を行きつ戻りつした挙句、諦めて引き返そうとしたときだった。

「もしかして、だるまやのお糸さんじゃありませんか」

振り向くと、加賀味の御新造、お美乃《みの》が女中を連れて立っている。相手の顔から驚きと親しみを感じ取り、お糸は胸を撫《な》で下ろした。

「御新造さん、ご無沙汰《ぶさた》をしております。あの、孝太ちゃんは元気でしょうか」

「ええ、ずいぶん大きくなりましたよ。どうか顔を見てやってちょうだい」

笑顔のお美乃に促され、お糸は加賀味の裏木戸を通る。そして、そのまま立派な座敷に通された。

「今日はよく来てくれました。その節は本当にお世話になって……あの方、余一さんもお元気かしら」

まさか、お美乃の口から余一の名が出るとは思わなかった。お糸は顔をこわばらせつつ、ぎこちなくうなずく。

「は、はい。おかげさまで」

「それはよかったわ。あなたと余一さんは孝太の命の恩人ですもの。いつか恩返しをしなければと思いながら、何もしないうちに時だけが経《た》ってしまって」

「恩返しだなんてとんでもない。去年、御新造さんから過分のお礼を頂戴しているじゃありませんか」

そのお金のおかげで、達平の母親は医者にかかることができたのだ。そこへ「失礼します」と声がして、女中が小さな子供を連れてきた。

「この子が……孝太ちゃんですか」

とっさに確かめてしまったのは、子供が危なっかしい足取りながら自分で歩いていたからだ。出会ったときはまともに這《は》うこともできない赤ん坊だったのに、たった一年でこんなに成長するなんて。お糸が驚く様子が面白かったのか、お美乃は声を上げて笑う。

「赤ん坊が大きくなるのはあっという間です。孝太、こっちへおいでなさい」

「ばあば」

呼ばれた孝太が笑顔で祖母のほうへ寄っていく。もう言葉も話すのかとお糸はつくづく感心した。

「そんなに目を丸くするということは、お糸さんに妹や弟はいないようね」

「はい」

「子守りをしたことがないと子育てをするときに苦労します。お嫁に行く前に、おっかさんからいろいろ聞いておくといいわ」

「あたしのおっかさんは十歳のときに死んでしまったので……祖父母もおりませんから、孝太ちゃんがうらやましいです」

できるだけ明るく言ったつもりだが、お美乃はしまったという顔をする。孝太は名を呼ばれたのがわかったらしく、祖母の膝《ひざ》に座ったままお糸のほうに目を向けた。

「孝太ちゃん、また会えてうれしいわ。ずいぶん大きくなったのね」

言われた意味がわからないのか、孝太は丸い目を動かして祖母を見る。お美乃は孫に話しかけた。

「こちらはお糸さんと言って、おまえの命の恩人なのよ。お、い、と、さん。ほら、言ってごらんなさい」

「おいしゃあ？」

「いいえ、お糸さんよ。お、い、と」

お美乃は何度か繰り返したが、孝太はなかなかうまく言えない。お糸は苦笑して「もういいですから」と手を振った。

「あたしなんかが顔を出したらご迷惑かと思ったんですが、大きくなった孝太ちゃんに会えてよかったです」

思いがけなく歓迎されてうっかり本音が口から漏れる。お美乃はどこか困った様子で孫の小さな頭を撫でた。

「そう思われても仕方がありませんね。主人はお糸さんたちにたいそう失礼な口を利きましたもの」

「いいえ、あたしはちっとも気にしていません」

嫌みを言うつもりはなかったと、お糸は慌てて言い添える。お美乃は「わかっています」と微笑《ほほえ》んだ。

「主人は今、私以上に孝太をかわいがっているんです。倅の孝吉《こうきち》が死んでから老け込んでいたのが嘘《うそ》のように、『この子が一人前になるまで達者でいる』と商いはもちろん、身体のことにも気を配っております。孝太もじいじ、じいじとなついてくれて……ねえ、孝太もじいじが好きでしょう」

祖母からの問いかけに孝太は笑顔でうなずいた。

「それじゃ、いい子の孝太はちょっとむこうで遊んでいて」

不意に膝から立たされて、孝太は頬《ほお》をふくらませる。だが、じっとしているのにも飽きたのか、女中に手を引かれて座敷から出ていった。

小さな背中が消えてから、お美乃は深いため息をつく。

「本当にあなたと余一さんにはいくら感謝しても足りません。孝太を産んでくれたおたえさんにも」

「御新造さん」

「ですが、おたえさんには本当に申し訳ないことをいたしました。孝太が生まれなければ、便りの途絶えた夫を捜しに赤ん坊を背負って江戸へ来ることはなかったはず。挙句、見知らぬ土地で行き倒れることもなかったでしょう」

赤ん坊さえいなければ、おたえは孝吉のことを忘れ、他の男と所帯を持ったに違いない。生まれ育った金沢で今もしあわせに暮らしていただろう――お美乃はそう思っているらしい。

「おたえさんの亡骸《なきがら》は孝吉の墓の隣に、加賀味の嫁として埋葬し直しましたけれど……孝吉さえしっかりしていれば、あの世で一緒になるようなことにはならなかったのに」

孝太の父の孝吉は遊び人で、金沢にある本家に行ったのも心を入れ替えて修業をするためだった。だからこそ、深い仲になった女のことを親に打ち明けられぬまま、突然の事故で亡くなった。

しかし、孝吉が遊び人でなかったら金沢に行くことも、おたえと惹かれ合うこともなかったのだ。

「あたしは、おたえさんはしあわせだったと思います」

「えっ」

「好きな人と思いが通じて、その人の子を産むことができたんだもの。あたしはおたえさんがうらやましいです」

「お糸さん、あなた……」

はしたないと思われても、お糸は言わずにいられなかった。

もし余一と束の間《つかま》でも思いが通じて二人の子を産めたら……たとえ命を縮めても構わないと言い切れる。

もちろん、我が子をひとり残してあの世に逝《い》くのはつらかったろう。それでも、おたえは孝吉と出会い、孝太を産んだことを後悔してはいないはずだ。でなければ、手数のかかる百徳《ひゃくとく》を我が子に着せ、はるばる江戸まで来るはずがない。

「お産は女の命がけだと聞いています。本当に好きな人の子でなかったら、命と引き換えにしてもいいなんて思えないでしょう」

ましてや、おたえは孝吉と祝言を挙げていなかった。赤ん坊を産めば、「父《てて》なし子《ご》を産んだ恥知らずな娘」と後ろ指を指されてしまう。ひそかに流すこともできただろうに、ひとりで孝太を産んだのだ。

「孝吉さんも孝太ちゃんもおたえさんを不幸になんかしていません。むしろしあわせにしたと思います」

きっぱりと言い切れば、お美乃がそっと目尻をぬぐう。そして、「ありがとう」と呟いてから、心配そうな顔をした。

「立ち入ったことを聞くようだけれど、お糸さんは余一さんと何かあったのかしら」

「あ、あの、どういうことでしょうか」

「木戸の前でお糸さんを見かけたとき、余一さんとの祝言が決まったのかと思ったのよ。でも、違っていたようね」

音沙汰のなかった相手がいきなり訪ねてきたのである。お糸の年を考えれば、お美乃が早合点するのも無理はない。たちまち居づらくなってしまい「あたしはこれで」

四

翌日、お糸は加賀味に行ったことを後悔していた。すべてを捨てて恋に殉じたおたえに比べ、自分は何て薄汚いのか。

それでも、暗い顔は見せられないと作り笑いを浮かべていたら、達平が今日も客の引けた八ツ過ぎにやってきた。しかし、その口は嘴《くちばし》よろしく尖っている。あんなに怒って帰ったのに、きっと仲直りがしたくて来てくれたんだわ。ここはあたしから謝らないと。

お糸は恐る恐る子供のほうに歩み寄った。

「達平ちゃん、いらっしゃい。昨日はひどいことを言ってごめんなさいね」

相手の顔色をうかがいつつ猫撫で声で謝ったが、尖った唇は綻《ほころ》びない。かくなる上はと奥の手を出す。

「お腹《なか》は減っていないの？　握り飯なら作れるわよ」

貧乏な子供はいつもお腹を空かしているから、文字通り食いつくに違いない。そんな見込みを裏切って達平はじろりとお糸を睨んだ。

「お糸ねえちゃんは玉の輿に乗るより、余一と一緒になりたいのか」

「えっ」

「ねえちゃんは余一に振られたから、やけっぱちで天乃屋の若旦那と一緒になろうとしているって古着屋の親父が言ってたぜ。それって本当なのかい」

「ちょ、ちょっと、達平ちゃん。急に何を言い出すの」

達平の言っている古着屋の親父とは土手の六助のことだろう。目を白黒させるお糸に構わず、子供は一気にまくしたてる。

「余一なんて住んでいる長屋はちょっと広いかもしれないけど、愛想は悪いし、口は悪いし、着ているもんだってたいしたことないじゃないか。天乃屋ってのは大店で金が一杯あるんだろう？　そっちに嫁入りしたほうが絶対得に決まってらぁ。お糸ねえちゃん、男は顔より甲斐性《かいしょう》だぜ」

いちいちごもっともではあるが、父の前でその話はしたくない。お糸は慌てて達平の口を押さえつけた。

「おとっつぁん、達平ちゃんと一緒に玉池稲荷《たまいけいなり》まで行ってきます。すぐに戻るから心配しないで」

父親の顔を見ずに言い捨てると、お糸は達平の手を摑《つか》んで表に出る。かつて待ち合のときしたことは間違ってなんかいないはずよ。

一方、達平はこちらが黙っているのでもうひと押しと思ったらしい。大きな声で話を続けた。

「金はないと困るけど、多い分には困らない。せっかくの玉の輿に乗らなかったらもったいないって」

指物師の父親が目を患い、母親が病に倒れてから、達平は焚《た》き付け拾いをして親を支えるようになった。子供ながらに金のないみじめさを知っているため、これほどうるさく言うのだろう。

そもそも今言われたことはお糸も考えたことばかりだ。それなのに、声変わり前の高い声で「金が、金が」と言われると、「金が何だ」と言いたくなる。

あたしは達平ちゃんより天邪鬼だったのね。心配してくれるのはありがたいけど、どうやら藪蛇だったようよ。

声には出さずに呟いたとき、お糸は久しぶりに自分の口が綻んでいることに気が付いた。

余一に愛想を尽かしていたら、別の男に嫁いだっていいだろう。だが、あんなに手ひどく振られても、お糸の思いは変わっていない。恋の病は治せないとはよくぞ言ったものである。

この玉池稲荷にしても、恋煩いで身を投げた娘の霊を慰めるべく建てられたものと聞いている。かしこく恋ができるなら、誰が死んだりするものか。

おとっつぁん、ごめんなさい。あたしはやっぱり孝行娘になれないみたい。心の中で父に詫《わ》び、お糸は天に目を向けた。

このところ晴れが続いていたのに、空が青いと思ったのは久しぶりだ。余一を諦めなければならない、礼治郎を好きになるべきだと思い詰めるあまり、心の目までふさいでいた。

お糸は小さく伸びをしてから達平のほうに顔を向ける。

「それじゃ、達平ちゃんのおっかさんは達平ちゃんのおとっつぁんと一緒になったことを後悔しているのね」

「どうしてそんなことを言うんだよ」

あえて意地悪な口調で言えば、子供がたちまち色めき立つ。

生意気な口を利くけれど、達平は両親が大好きだ。それを重々承知の上で、お糸は「だって」と首をかしげる。

「達平ちゃんのおとっつぁんは目を患って、指物師の仕事ができなくなってしまったんでしょ。腕のいい職人は稼ぎがいいと思って一緒になったのに、当てが外れてがっかりしているんじゃないの」

「おいらのおっかぁがそんなことを思うはずないじゃないか。いくらお糸ねえちゃんでも、おっかぁを悪く言うと許さねぇぞ」

まともに怒りをぶつけられ、お糸は思わず目を細めた。

「そう思うなら、お金、お金って言わないで。たとえ貧乏でも好きな相手と暮らせたら、それが一番のしあわせだわ。達平ちゃんも本当はそう思っているくせに」

言われてようやく己の言葉が矛盾していると気付いたらしい。達平は決まりの悪そうな表情を浮かべた。

「あたしもね、達平ちゃんと同じようなことを一杯考えたの。でも、それは間違っているって気付いたわ」

「お糸ねえちゃん、それじゃ」

「慣れない玉の輿なんてきっとお尻が痛くなるわ。もったいないけど、天乃屋の若旦那にはお断りする」

おかげで決心がついたと微笑んだところ、なぜか達平が泣きそうな顔になる。「どうしたの」と問いかければ、「ねえちゃんの馬鹿っ」と怒鳴られた。

「おいらはねえちゃんにしあわせになって欲しくって……どうしてそんなことを言うんだよう」

癇癪《かんしゃく》を起こしたように地団太を踏まれ、お糸はすっかり困ってしまった。どうやってなだめようかと思っていたら、達平にいきなり手を取られる。

「貧乏ってのはつらいんだぜ。病になっても医者にかかることはできねぇし、店賃を溜《た》めると大家にひどいことを言われるんだ。そんな目に遭ってもいいのかよ」

「あたしは丈夫だし、余一さんのことが忘れられない限りお嫁になんて行けないもの。おとっつぁんには悪いけど、店賃の心配は当分しなくてすむと思うわ」

「それじゃ、あの気障《きざ》ったらしい職人と一緒になるんじゃねぇのかい」

「ええ、あたしは一緒になりたいけれど、むこうにその気がなかったらどうしようもないでしょう」

子供に言うのはためらわれたが、見栄を張っても仕方がない。ありのまま事情を打ち明ければ、達平が目を丸くする。そして不意に口を閉じると、お糸の手を引っ張って歩き出した。

「達平ちゃん、どこに行くつもりよ」

「いいから、黙ってついてきなって」

よほど機嫌が悪いらしく、噛みつかれそうな勢いである。お糸は訳がわからないまま、西へ西へと歩いていき――近くまで来て気が付いた。

「ちょっと、達平ちゃん。あんたまさか」

お糸がうろたえているうちに二人は櫓《やぐら》長屋に到着した。

「おい、お糸ねえちゃんを連れてきたぞ」

腰高障子の前で達平が叫ぶと、驚いたような顔をした余一が出てきた。お糸は慌てて達平の陰に隠れたが、多少背が伸びたと言ってもまだ十一の子供である。頭隠して尻隠さずとはこういう姿をいうのだろう。

「お糸ねえちゃんは馬鹿だから、玉の輿に乗るよりもあんたと苦労がしたいんだって」

「た、達平ちゃん、何を言うの」

「昨日、おいらはここに文句を言いにきたんだ。お糸ねえちゃんの元気がないのはこいつのせいだと思ったから。そしたら、こいつまでねえちゃんと同じように腑抜けていやがるんだもの」

達平はこの何か月か、だるまやに顔を出していなかった。しかし、古着屋の六助からお糸が大店の跡継ぎに言い寄られていることや、それを知った余一が身を引こうとしていることを聞いたらしい。

「おいらはこいつが気に入らないけど、お互い惚れ合っているんだろう。だったら、これからどうするか話し合ったらいいじゃねぇか。二人ともいい大人なんだから、ちったぁ知恵を使いやがれ」

さも不本意だと言いたげに、達平がふくれっ面で言う。お糸はうつむく余一の顔から目を離すことができなくなった。

久しぶりに見た思い人は頰がこけて顔色が悪かった。知り合って四年、余一のこんなやつれた姿は見たことがない。

あたしのことなんて何とも思っていないんじゃなかったの？

本当は余一さんもあたしのことが好きだったの？

今すぐ尋ねたいのに、なぜか声が出てこない。立ちすくむお糸の横で達平が両腕を振り回す。

「ああ、もうじれってぇ。後は二人で勝手にやりな」

お節介な子供は走り去り、お糸と余一が残された。

五

こういう場合、あたしから何か言ったほうがいいのかしら。それとも、むこうが話をするのを待っているほうがいいのかしら。

下駄を脱いで座ったお糸はさっきからそればかり考えている。余一は「上がってくれ」と言ったきり、何も言葉を発してくれない。

しびれを切らして口を開こうとしたところ、一瞬早く名を呼ばれた。

「お糸ちゃん」

「は、はい」

「本当に天乃屋との縁談を断る気か」

険しい表情で念を押され、お糸はごくりと唾を呑む。

ここでうなずいたら、また冷たく突き放されるのか。雨の中を泣きながら歩いたことや土手にたたずんでいたことを思い出し、お糸は胸が苦しくなる。知らず膝に置いた手に力がこもった。

「ええ、あたしは天乃屋の若旦那にふさわしくないから」

「そんなこたぁねぇ。お糸ちゃんなら立派な御新造さんになれるはずだ」

「いいえ、天乃屋さんでは身代が傾いたときに夫を支えてくれる妻を娶《めと》るのが習わしだと若旦那からうかがったわ。でも、あたしは若旦那がお金持ちでなかったら、一緒になろうなんて考えなかった。薄汚い魂胆で大店の御新造に納まろうと考えたのが間違いだったのよ」

正直に打ち明ければ、余一のほうが目をそらす。みっともない話をしているのはこっちのほうなのに。

「おとっつぁんもあたしの気持ちに任せると言ってくれたし、余一さんが気にすることじゃないわ。紫苑色の振袖にだるまの洒落紋を入れてもらったけれど、無駄になってしまったわね」

今までさんざん泣いたのだから、このくらいの嫌みは許されるだろう。大きく息を吐いたとき、目をそらしたまま余一が言った。

「去年、孝太の身元を調べたとき、お糸ちゃんは『たとえ親が人殺しでも、知らないより知ったほうがいい』って言ったよな。覚えているかい」

「え、ええ」

余一と話したことならば、どんなことでも覚えている。だが、なぜ急にそんなこと

「……理屈で言えば、そうかもしれねぇ。だが、おれはお糸ちゃんが言うように割り切ることができねぇんだ」

「どうしてっ」

「おれの身体には、父親に汚されて死んだ母親の血と、母親を苦しめ、死に追いやった父親の血が流れてんだ。まともな夫婦の間に生まれた子供とは訳が違う」

自嘲めいた笑みが余一の口元に浮かぶ。その言葉と表情があまりにも痛々しくて、お糸は二の句を継げなくなった。

「生まれてくるべきじゃなかったと知ったとき、すでに母親は死んでいたし、親方はおれを育てるために長い年月を費やしていた。今さらおれが死んだところで取り返しはつかないのなら、せめて人の役に立ちてぇ。そう思ってきものの始末をしてきたが……罪深いおれが人並みに所帯を持つなんて申し訳が立たねぇだろう」

だから余一は金持ちを嫌い、金にならないきものの始末を進んで引き受けていたのか。その気持ちはわからないではないけれど、あまりにも自分をいじめすぎだ。お糸は思わず余一を睨んだ。

「申し訳が立たないって誰に対して？　死んだ余一さんのおっかさん？」

どうやら図星だったらしく余一の肩が小さく揺れた。

この頑固な職人は自分が母親を不幸にしたと勝手に思い込んでいる。誤った考えを正すべくお糸は息を吸いこんだ。

「昨日、加賀味で孝太ちゃんに会ってきたの。御新造さんは孝太ちゃんがいなければおたえさんは死なずにすんだと言うけど、あたしはそうは思わないわ。好きな人の子を産めたんだもの。死んでも悔いはなかったはずよ」

「そりゃ、惚れた男の子だからだろう。おれの母親は憎い男の子を」

「その憎い男の子が大人になって、孝太ちゃんを加賀味に連れていったんでしょう。余一さんがいなかったら、あの子は身元のわからない孤児《みなしご》になっていたはずよ。余一さんがこの世にいたおかげで、あの子も加賀味も……いいえ、亡くなったおたえさんや孝吉さんだって救われたんだわ」

「そう言ってくれるのはありがてぇ。だが」

「達平ちゃんとその両親、お鉄さんと伴吉さんだって、余一さんのおかげで救われたのよ。それだけじゃない、余一さんにきものを始末してもらった人はみなしあわせにしてもらっている。間違って生まれたって言うけれど、余一さんがいることで助かった人は大勢いるわ。それでも、あの世のおっかさんは我が子を許さないって言うの」

「お糸ちゃん」

「余一さんのおっかさんがどれほど余一さんを憎んでも……あたしは余一さんが生まれてくれてよかったもの。余一さんは何も悪くない。生まれてくれてありがとうって何べんだって言い続けるわ」

思いを込めて訴えれば、余一の目が苦しげに眇《すが》められる。しかし、すぐさまかぶりを振った。

「お糸ちゃんが何と言おうと、おれの身体にはろくでなしの血が流れている。こんな厄介な血を受け継ぐのはおれひとりで十分だ」

「余一さんの身体に流れているのは、他の誰のものでもない余一さんの血よ。それのどこが厄介なのっ」

頭ごなしに叱《しか》りつければ、余一の表情が固まった。まさか、そんなことを言われるとは思っていなかったらしい。

「お武家だったら家柄だの血筋だのって大騒ぎするかもしれないけど、貧乏人にそんなものは関係ないわ。毎日働ける丈夫な身体と真っ正直な心根さえあれば、流れているのがどんな血だって構わないでしょう」

「だが、血は争えねぇと言うだろう。おれも何かのはずみで父親のように非道な真似をするかもしれねぇ」

「あたしは余一さんのそばにいられるなら、どれだけ傷ついたって構わないわ」

「お糸ちゃん」

「余一さんと夫婦になれれば、あたしはそれだけで誰よりもしあわせだもの。だから、本当の気持ちを教えてちょうだい。余一さんはあたしが嫌いだから一緒になる気はないって言ったの？　それとも、あたしのためを思って、天乃屋の若旦那と一緒にさせようとしたの？」

我ながらなりふり構っていないと思ったけれど、ここで怯《ひる》んだら余一はきっと逃げてしまう。

あたしの伸ばした糸の先は余一さんとつながっているのかしら。

お願いだから、つながっていて。

裁きを待つ罪人のような気分で返事を待っていたら、ややして余一がぼそりと言った。

「まったく、お糸ちゃんにはかなわねぇ」

「それじゃ」

「おれが始末した振袖はどうなった。天乃屋の若旦那に返したのか」

肝心の返事をはぐらかされて、お糸は内心むっとする。だが、断りの言葉でなかったことにほんの少しほっとした。

「まだあたしが持っているけど、明日にでも返してくるわ」

「だったら、おれも一緒に行く」

「どうして」

「一度は若旦那とお糸ちゃんの仲を取り持とうとしたんだ。今さら渡せねぇなんて、どの面下げてって感じだが」

「えっ」

今大事なことを言われたような気がするけれど、聞き間違いだったかしら。思わず大きな声を上げれば、余一が顎《あご》に手を当てる。

「何と罵《ののし》られようと筋は通しておきてぇ。お糸ちゃんのおとっつぁんにも頭を下げに行かねぇと」

まいったなと漏らす相手が心の底から憎たらしい。ここまできて肝心なことを言わずにすませるつもりか。

「ねえ、それってどういうこと。あたしと一緒になってくれるの」

「そうじゃねぇ」

苦笑まじりに首を振られ、お糸の目の前が暗くなる。すると、余一が焦ったように言い添えた。

「一緒になってくれるのかと、念押ししてぇのはこっちのほうだ。本当におれでいいのか。後で若旦那と一緒になってりゃよかったと、後悔したって遅いんだぞ」

自信のなさそうな呟きに頭の中で何かがはじける。きっと自分の顔は今までで一番赤いはずだ。

「後悔なんてする訳ないわ。あたしは余一さんと一緒になれなかったら、一生ひとりでいるって決めていたのよ。見くびらないでちょうだい」

上ずった声で断言すれば、なぜか相手が噴き出した。むっとして口を尖らせれば、余一が「すまねぇ」とすぐに謝る。

「他のやつからも『お糸ちゃんを見くびるな』って言われていたもんだから」

いったい誰がそんなことを……お糸は面白くなかったが、余一が楽しそうなので問い詰めないことにした。

「やけに上機嫌だが、昼間は達平とどこに行ってたんだ。玉池稲荷までにしちゃ、帰りがやけに遅かったが」

父にそう聞かれたのは、最後の客がいなくなった五ツ半（午後九時）近くだった。

土間を掃いていたお糸はぎくりとして顔を上げる。

「あ、あの、ごめんなさい。戻ってくるのが遅くなって」

「俺は謝れと言ってんじゃねぇ。どこへ行っていたと聞いてんだ」

明日の仕込みをしながら、父がいつになく平坦《へいたん》な調子で尋ねる。お糸は顔をこわばらせ、前掛けを左手で握り締めた。

ここで「余一さんのところ」と言えば、父は怒るに決まっている。ひとまず嘘をついてやり過ごしたほうがいいだろうか。

だが、いずれ言わなければならないし、父に嘘はつきたくない。お糸はさんざんためらった末、「おとっつぁん、ごめんなさいっ」と勢いよく頭を下げる。

「だから、謝るんじゃなくて」

「あたしは余一さんが好き。どうしても諦められないの」

父のため息まじりの言葉とお糸の悲痛な声が重なる。濡《ぬ》れた手をぬぐいもせずに父は調理場から飛び出した。

「それじゃ、余一のところへ行ってたのか」

「ええ……明日にでも天乃屋さんに断ってくるわ」

正直に答えはしたものの、怖くて父の顔は見られなかった。

余一に「二度と店の敷居を跨《また》ぐな」と怒鳴ったのは、娘のためを思えばこそだ。それに貧乏な職人と一緒になれば、父は楽隠居などできなくなる。痛む腰をさすりつつ、死ぬまで働き続けなければならないだろう。

でも、あたしが決めていいっておとっつぁんは言ったもの。お願いだから、許してちょうだい。

胸の中で祈っていると、すぐに父の声がした。

「若旦那との縁談を断るのは構わねぇ。だが、その後はどうする気だ。まさか、余一と一緒になる気か」

怒りを押し殺した声の響きにお糸は泣きたくなってしまう。しかし、危ういところで踏み止《とど》まった。

もう子供じゃないんだから、泣き落としは卑怯《ひきょう》だわ。お糸は大きく息を吸って、そろそろと父の顔を見た。

「余一さんはとても気の毒な生い立ちで……自分の血を残しちゃいけない、所帯を持っちゃいけないってずっと思い詰めていたの。だから、あたしのためを思って天乃屋に嫁がせようとしたのよ」

「やつの事情なんざ聞きたくねぇ。いいか、お糸。俺は金輪際、余一と一緒になることは認めねぇと言ったはずだ」

「おとっつぁん」

「どうしてもやつと一緒になるなら、おめぇとは親子の縁を切る。その覚悟はあるんだろうな」

まっすぐに向けられた強い目が父の本気を伝えている。お糸はこらえようとしたけれど、目から涙がこぼれるのを止めることができなかった。

大事にされていることが、父の気持ちが痛いほどわかるのに、どうしても従えないなんて。お糸は前掛けから手を放して胸を押さえる。

「たとえ勘当《かんどう》されたって、あたしとおとっつぁんは親子だもの……あたしのおとっつぁんはだるまやの清八なんだから」

上ずる声で訴えれば、父が驚いたように目を瞠《みは》る。まさか、自分を捨てて余一を取るとは思わなかったに違いない。

男手ひとつで育てた娘が親の意に背いて嫁に行く。他人が聞いたら、とんでもない親不孝娘だと後ろ指を指すはずだ。お糸だって己のことでなかったら、顔をしかめるに決まっている。

同時に、親子の血に捕らわれ続けた余一の気持ちがわかった気がした。勘当帳に記されて表向きの縁は切れても、血のつながりは決して切れない。そばにいられなくたって父とは永遠に親子のままだ。

しかし、血のつながらない男女は違う。

身寄りのいないあの人に情とぬくもりを与えたい。自分が父からもらったものを惚れた相手に教えてあげたい。言葉を失う父親に「ごめんなさい」と謝った。

「やっと、思いが通じたの……おっかさんはあたしがいろんな人とつながれるように糸と名付けてくれたけど、余一さんじゃなきゃ駄目なのよ。あの人と一緒にいられないなら、誰とつながっても意味がないの」

「お糸、おめぇ」

「あたしはおとっつぁんの娘でしあわせだったけど、おとっつぁんは何もいいことがなかったわね。恩知らずな娘で本当にごめんなさい」

「…………」

「親孝行できなくてごめんなさい。余一さんを好きになってごめんなさい。諦められなくてごめんなさい。言うことを聞けなくてごめんなさい」

馬鹿のひとつ覚えのように「ごめんなさい」が口から漏れる。

泣いて謝って許されようとするなんて、我ながら卑怯だと思う。だが、他の言葉を言うことも、泣き止《や》むこともできなかった。

ひょっとしたら、今すぐ出ていけと言われてしまうかもしれない。せめて父の顔を目に焼き付けておこうと思うのに、あふれる涙でにじんでしまう。子供のように目をこすったとき、父が唸《うな》り声を上げた。

「もういい。もう謝るな」

かさついた手で涙を拭かれ、お糸はたまらずしゃくりあげる。

子供の頃、母を恋しがって泣く娘の顔を父はよくぬぐってくれた。あれから何年も経ったのに、その手の感触はまるで変わっていなかった。

「諦めたところで思いが通じるなんて……やっぱり、おれの娘だなぁ」

「えっ」

「おめぇはおくにに似ているとばかり思っていたんだが」

「おとっつぁん、それじゃ」

「……余一に言っとけ。この店の敷居をもう一度だけ跨がせてやる。ただし、そう簡単に許してもらえると思うなってな」

不本意そうな父親にお糸は泣きながらしがみついた。

六

　七月四日の朝、お糸は余一と連れだって田原町の天乃屋へ出かけた。

礼治郎は二人の姿を見るなり事情を察したに違いない。しかし、にこやかな表情でお糸を迎えた。

「これはお糸さん、よく来てくれました。余一さんと一緒だなんてどういった御用でしょう」

　断りの文句はちゃんと考えてきたはずなのに、なぜか声が出てこない。余一が代わって頭を下げた。

「若旦那、申し訳ありやせん。お糸ちゃんのことは諦めてくだせぇ」

「どうして余一さんからそんなことを言われなくてはならないんです。おまえさんはお糸さんと一緒になる気はないんだろう」

　冷ややかに言い返されて、余一が一瞬言葉に詰まる。しかし、すぐさま顔を上げて礼治郎を見た。

「確かに一度は身を引こうと思いやした。若旦那と一緒になったほうがお糸ちゃんはしあわせになれる。そう思って振袖の始末も引き受けた。だが、お糸ちゃんと話をして、勘違いをしていたことに気付いたんでさ」

「つまり、おまえさんと一緒になったほうがお糸さんはしあわせになれる。そう言いたいのかい」

「いや、若旦那と一緒になったほうがお糸ちゃんはしあわせになるだろうと今でも思っていやす」

その言葉に礼治郎は眉を寄せ、お糸は「何を言うの」と悲鳴じみた声を上げる。あれほど言葉を費やしてもまだわかってくれないのか。お糸が途方に暮れかけたとき、余一が不意にこっちを見た。

「だとしても……おれをしあわせにしてくれるのは、お糸ちゃんしかいねぇ。おれの生まれも育ちもすべて知って、それでも一緒になりてぇと言ってくれる物好きはこの世にひとりしかおりやせん。身勝手は百も承知でさ。どうか勘弁してくだせぇ」

再び頭を下げる余一に続き、お糸も慌てて頭を下げる。やゃして、礼治郎が大きなため息をついた。

「それで、二人揃《そろ》ってきたんですか」

「はい。お預かりしていた振袖もお返しします」

お糸は恐る恐る風呂敷《ふろしき》に包んだ振袖を差し出す。礼治郎は中身を確かめてから、余一のほうに顔を向けた。

「おまえさんが振袖を始末した代金を受け取ろうとしなかったのは、こうなることがわかっていたからですか」

「とんでもねぇ。最初からお糸ちゃんと一緒になるつもりなら、振袖の始末は断っておりやす」

余一はすぐに言い返したが、礼治郎は不満そうに紫苑色の振袖に目を落とす。

「それでもこっちにしてみれば、虚仮にされたとしか思えません」

「若旦那がそう思うのも無理からぬこってさ。本当に申し訳ありやせん」

「だったら、この振袖を元に戻してくれないか」

いきなりの無理難題にお糸は思わず目を瞠る。だるまの洒落紋を解くことはできるだろうが、どうしたって跡が残る。上から別の洒落紋でも施さない限り、ごまかせるものではない。

「始末された振袖を見てもあたしがその気にならなかったら、潔く諦める。若旦那はそう言ったじゃありませんか。どうして元に戻せだなんておっしゃるんです」

つい責めるような声を出せば、礼治郎が眉を撥《は》ね上げた。

「その言い方は心外です。だったら、お糸さんも振袖をもらってすぐに断ればよかったでしょう」

迷っていたことを指摘されてお糸は下唇を嚙む。今さら余一は関係なく断るつもりだったと言ったところで、礼治郎は納得しまい。

あたしがすぐに断っていたら、こんなことにはならなかった。なまじ気を持たせてしまったせいで、若旦那も引っ込みがつかなくなったんだわ。今日だって、あたしひとりで断りにくれば、揉《も》めなかったはずなのに。

お糸が後悔に暮れていると、意外にも余一が「わかりやした」とうなずいた。

「若旦那のおっしゃることはいちいちもっともだが、始末したきものを元に戻すことはできやせん。その振袖はおれが買い取らせてもらいやす」

「ほう、いくらで買い取ろうというんです」

「そちらの言い値でけっこうでさ」

思い切った余一の言葉にお糸の顔から血の気が引く。礼治郎は今、恋敵の余一をいたぶりたくて仕方がないはずだ。「言い値でけっこう」なんて言えば、法外な金額を要求されるに決まっている。

凍りつくお糸の前で礼治郎は片頰を歪めた。

「では、百両でどうでしょう」

「わかりやした」

吹っかけられるとわかっていたのか、余一は表情を変えなかった。しかし、お糸は

「無理よ」と叫ぶ。

「百両なんて大金、職人の余一さんに作れるはずがありません。若旦那、どうか勘弁してください」

「本人が承知したんです。お糸さんが口を出すことじゃありません」

縋《すが》るような目を向けたが、礼治郎の声は冷たかった。自分に恥をかかせた娘にもはや未練はないのだろう。

「それで、いつ払ってもらえるんです」

「見ての通り、おれはただの職人だ。これから大隅屋さんにお願いして金持ち相手の仕事を回してもらったとしても、百両を作るのは容易なことじゃありやせん。早くても四、五年はかかると思いやす」

「そんなの駄目よっ。お金のためにやりたくもない仕事をするなんて」

余一はその生まれゆえに金持ちを嫌い、いくら金を積まれてもやりたくない仕事は断ってきた。

何より金のために安い仕事を断れば、貧しい人たちの思い出の詰まったきものはどうなるのか。お糸は思い余って額を畳に擦りつけた。

「あたしが縁談を断るのは余一さんのせいじゃありません。天乃屋さんの嫁にふさわしくないからです」

「今さらそんなことを言われても、真に受ける男はいませんよ」

「だったら……あたしは余一さんと一緒になりません。そうすれば、振袖を元に戻せとか、百両で買えとか言わないでくれますか」

とっさに腹をくくったら、礼治郎だけでなく余一の顔にも驚きが走った。

やっと一緒になれると思ったけれど、余一さんに迷惑はかけられない。所帯を持つことはできなくても、そばにいられるだけでいい。

こちらの覚悟が伝わったのか、礼治郎が痛みをこらえるような顔をした。

「お糸さんはそれでいいんですか。余一さんがずっと好きだったんでしょう」

「はい。だからこそ、足を引っ張りたくありません」

「おれは自分でやったことのけりをつけようとしているだけだ。お糸ちゃんが気に病むことじゃねぇ」

余一はそう言って、礼治郎に向き直る。

「おれが若旦那に百両払うと言ったのは、お糸ちゃんのためじゃありやせん。きもの始末の職人として半端な真似をしたからだ」

「どういうことです」

「お糸ちゃんのために始末をしてくれと若旦那は言いやした。おれはそれを承知で引き受けておきながら……力を尽くすことができなかった」

結納でお糸が着るものならもっと明るい色がいい。そう思っていたくせに、余一は振袖を染め直そうとはしなかった。だるまの洒落紋を背に入れたのはせめてもの言い訳だったらしい。

「染め直しは白生地を染めるよりも難しい。実のとこ、染めてみなけりゃどんな色になるかわからねぇ。だからこそ、こういう色に染まって欲しいと頭の中で思い浮かべることが肝心なんだ」

そうすれば培ってきた勘が働き、多少見込みと違っても満足のいく色に仕上がるという。だが、今回に限って「こういう色に染まって欲しい」と思い浮かべることができなかったと余一は言った。

「下手に振袖を染め直したら、おれの心そのままのどす黒い色に染まりそうで……代金をもらわなかったのはそのせいでさ。若旦那が百両とおっしゃるなら、何としても払わせてもらいやす」

苦しい胸の内と職人としての矜持《きょうじ》を聞かされ、お糸の鼓動は高鳴った。あたしのひとり相撲じゃなく、余一さんもあたしを思ってつらい日々を過ごしていたのね。たとえ一緒になれなくても、それがわかれば十分だわ。

お糸がもう一度「余一さんとは一緒にならないから、百両は勘弁して欲しい」と言おうとしたとき、いきなり庭に面した障子が開いた。驚いて顔を向けたところ、五十前後と思《おぼ》しき地味な女が立っていた。

声もかけずに突然障子を開けるなんて、ずいぶん無作法な女中さんね。お糸が眉を寄せると、「おっかさん」と礼治郎が声を上げる。

「まさか、立ち聞きしていたんですか」

「立ち聞きだなんて人聞きの悪い。今日こそは礼治郎の思い人に会えると思って、そばで待っていただけよ」

では、この女中にしか見えない人が天乃屋の御新造か。お糸が呆気《あっけ》に取られていたら、相手はすぐそばに腰を下ろしてこっちの顔をのぞき込む。

「礼治郎の母の節《せつ》と申します。それにしても、お糸さんがこんなにきれいな人だったなんて。倅の往生際が悪くなるはずだわ」

「え、あの」

「そちらがきものの始末屋の余一さんね。お玉ちゃんから腕がいいとは聞いていたけど、ずいぶん男前だこと。礼治郎、これじゃおまえに勝ち目はなさそうよ」

「おっかさん、いきなりしゃしゃり出てきて勝手な事を言わないでください」

礼治郎は食ってかかったが、お節はまるで動じない。息子に近寄って紫苑色の振袖に手を伸ばす。

「これがおまえの言っていただるまの洒落紋ね。振袖によく合っているし、このままでいいじゃないの」

「この洒落紋はだるまやの娘のお糸さんが着るから意味がある。お糸さんが着ないなら、元に戻してもらうべきです」

「あら、そんなことないわ。だるまの洒落紋があったほうがおまえのお嫁さんにふさわしいもの」

御新造はそう言って、余一のほうを見た。

「だるまは七転び八起き、倒れても必ず立ち上がります。そういうくじけない娘こそ天乃屋の嫁にふさわしいわ」

お節の言葉にお糸は内心手を打った。なぜだるまやにしたのかと祖父を恨んだこともあるが、今はむしろ礼を言いたい。

「それでも、おまえが余一さんに百両を出させるというなら、私が余一さんから同じ値段で買い取りましょう」

「おっかさん、それは」

「御新造さん、いいんですかい」

礼治郎と余一が揃って声を上げると、お節は余一にうなずいた。

「その代わり、私のきものを始末してもらえるかしら」

「……へえ、精一杯やらせてもらいやす」

その返事にお節は目を細め、礼治郎の膝に手をのせる。

「男は引き際が肝心です。本当はわかっているんでしょう」

諭すような母の言葉に礼治郎は黙り込む。振袖の本来の持ち主にそう言われて、これ以上余一に絡むことは諦めたようだ。お糸はほっと息をつき、お節の前で手をついた。

「御新造さん、ありがとうございました」

「気にしないでちょうだい。私もお糸さんは礼治郎にふさわしくないと思っていたから、断ってもらってよかったわ」

笑顔で厳しいことを言われ、お糸は二の句を継げなくなる。すると、相手は楽しそうに笑った。

「今だから言うけれど、私は初めて会ったときからうちの旦那様に惹かれていたの」

だったら、どうして何年も一緒になるのを渋ったのか。目を丸くするお糸にお節は照れくさそうに言う。

「好きだからこそ、小さな筆屋の娘じゃ釣り合わないと思ったんです。それでも繰り返し『一緒になって欲しい』と言われて、清水《きよみず》の舞台から飛び降りる覚悟で天乃屋に嫁ぎました。でも、お糸さんは礼治郎が好きじゃないでしょう」

申し訳ないと思いつつお糸がおずおずとうなずけば、お節の目尻のしわがよりいっそう深くなる。

「母親としては、多少器量が悪くても息子に惚れている娘と一緒になって欲しいの。親馬鹿と思われるかもしれないけれど」

「いいえ、御新造さんのおっしゃる通りです」

息子の嫁にふさわしくないと言われたのに、お糸はむしろうれしかった。金に釣られて礼治郎と一緒になろうとしても、お節は許さなかったろう。父といい、お節といい、親というのはありがたい。

胸の中で手を合わせたら、お節は横目で息子を見た。

「今度誰かに惚れるときは、男前の恋敵がいない娘にすることね」

「言われなくても、そのつもりです」

苦笑する礼治郎にお糸と余一はもう一度頭を下げた。

付録　主な着物柄

露芝《つゆしば》

芝草に露が溜まった様子を文様化したもの。眉のような三日月形に描いた芝草に、ところどころ露の玉をあしらった文様。

網干《あぼし》

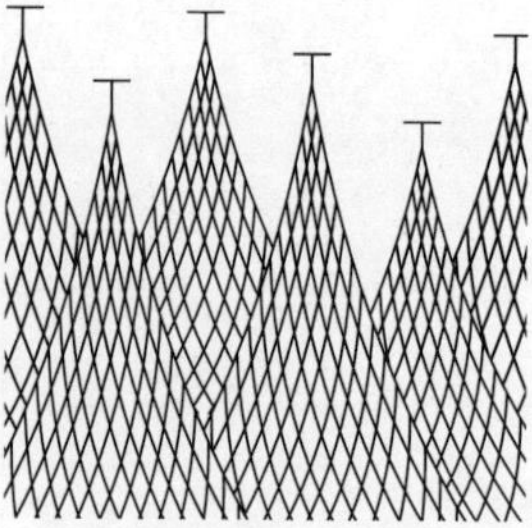

魚網を三角錐《すい》状に干した様子を文様化したもの。波や葦、飛鳥などとともに海浜風景に多く描かれる。沖縄の紅型《びんがた》や中形《ちゅうがた》にも用いられる。

沢瀉《おもだか》

沢瀉は水田や池、沼などに自生する多年草。葉の形がやじりに似ている事から「勝ち草」とも呼ばれ、縁起の良い草とされる。文様としては主に夏用のきものに用いられる。

ひょうたん

ひょうたんは子孫繁栄、厄除けを意味する吉祥文様。六つ揃えて六瓢《むびょう》＝無病の語呂《ごろ》合わせから無病息災の縁起物とされてきた。

鯉《こい》の滝登《たきのぼ》り

鯉は龍門と呼ばれる急瀬をも登り、やがて龍になるといわれる中国の伝説から、吉祥の図柄とされる。

昇龍文《しょうりゅうもん》

「登龍文」とも呼ばれ、天に登ろうとする「龍」の姿を表した図柄。

蜻蛉《とんぼ》

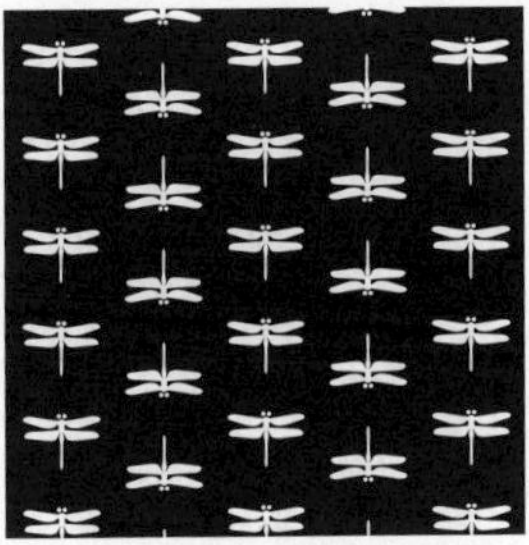

蜻蛉は、その姿の勇ましさと、まっすぐ前にしか飛ばないことから「勝虫」や「勝軍虫」と呼ばれ、その文様は武士に好まれた。

笠松《かさまつ》

松葉を笠に見立て、枝を紐のように組み合わせた文様。ひとつだけではなく、複数重ねて重厚さをだすように使われる。

扇面松《せんめんまつ》

扇面文様は末広とも呼ばれ、末が広がることから吉祥文様とされる。扇面の中に同じく吉祥文様の松を描いたものを扇面松と呼ぶ。

五葉松《ごようまつ》

五葉松の木を文様化したもの。水平に伸びた枝に針状の葉が五本ずつ束になってついている。直線的な葉のラインが印象的な文様。

麻の葉柄

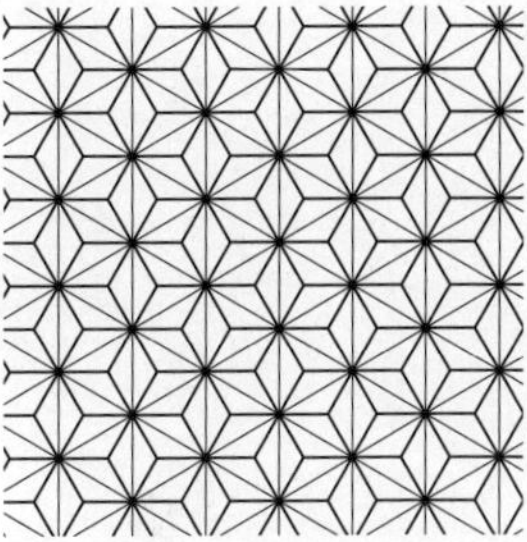

六角形の連続模様。麻は茎が丈夫でまっすぐ伸びることから、新生児の成長を願って、産着の模様に用いられる。

本書は時代小説文庫（ハルキ文庫）の書き下ろし作品です。